2
Author
三木なずな
Illustrator
柴乃 櫂人
かった村人A、
溺愛される上に、
実は持っていた伝説級の
神スキルも覚醒した

CONTENTS

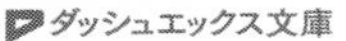

報われなかった村人A、貴族に拾われて溺愛される上に、実は持っていた伝説級の神スキルも覚醒した2

三木なずな

27 実質二倍

式典が終わって、俺たちは学園の中、理事長室に場所を移した。

遮音性の高い理事長室の中であっても、まだうっすらと、外からの歓声が聞こえてくるほどだ。

その理事長室にいるのは俺と、皇帝と、じいさん。

そして、今なお聞こえてくる大歓声の原因となった、

——大地の精霊オノドリムだ。

俺たちは全員、座った状態で向き合っていた。

ちなみにエヴァはレッドドラゴンの本来の姿のまま外に置いてきた。

その威容も、歓声が続いている理由の一つだ。

そんな中、じいさんがオノドリムをじっと見つめながら、言った。

「ううむ……確かに、人ならざる存在のようじゃな」

「分かるのか、ローレンス卿よ」

皇帝が感嘆するじいさんに聞いた。

「うむ。魔術的にな。大して素養のないわしでも分かる、魔術的には人間とはまるで正反対の存在じゃ」

「なるほど」

皇帝はじいさんの説明に納得した。

一方で、そんな二人――人間では相当偉い地位にいる二人をまったく眼中にないような感じで、ニコニコ顔で俺だけを見つめてくる精霊オノドリム。

「ねえねえ、もう決まった？　あたしに何をさせるのか」

「うーん、あまり思いつかないなあ」

本音半分、嘘半分だ。

してほしいことを思いつかないのは本当だが、皇帝とじいさんみたいな匂いをオノドリムから感じたから、下手に、してほしいことを言うと大変なことになりそうな予感がする。

「ええ、それは困るよ」

「困るの？　どうして」

「冗談抜きで命を助けてもらったから。何もしないのでは気が済まないよ」

「なんか話が大きくなってる？」

命を救われた？　命の恩人？

「おお、精霊の命の恩人か、さすがじゃマテオ」

「守護精霊を救ったとなれば余も何かをせねばならんな」

「精霊を救ったなぞ大臣どもがまた黙っていないのじゃ。無理せん方がよいのじゃ」

「ローレンス卿、そなたは一つ勘違いしている。帝国の全ては皇帝の一存で決めてよいのだ。そして今の皇帝は余なのだよ」

「くっ」

皇帝とじいさんが俺のことでバトルしてた。

皇帝に本気を出されると溺愛ぶりでは負けるから、それを止めようとしたじいさんが正論っぽい言葉で止めようとした。

しかしそれを、皇帝が——妙にかっこいい言葉で言い負かした。

……うん、かっこいい。

これが俺を溺愛する宣言じゃなかったら格好良かった。

おっと、そんなことは今はどうでも良かった。

俺はオノドリムに振り向き、言った。

「命の恩人って、それは言いすぎなんじゃないの？」

「ないない。冗談抜きで命の恩人だから。あのままだと後五〇〇年であたし死んでたもん」

「そりゃまた——」

スケールの大きいことで。

「というか、あんたが今の皇帝？　あんたらのせいでもあるんだからね」

一転、オノドリムの矛先（ほこさき）が皇帝に向かった。

ズビシッ！　って感じで皇帝を指さしながら非難する。

それを皇帝は少し気後れした感じで。

「むっ、どういうことなのだろうか？　精霊殿」

地上の最高権力者が、国の守護精霊に対して、やや謙（へりくだ）った様子で聞き返した。

「確かに最初の皇帝と契約したよ？　協力するって言った。でもあれは、見返りもくれって契約だったじゃん」

「見返り……だと？」

皇帝は眉（まゆ）をひそめた。

美しい顔が歪むのが分かる——それでも美しかった。

「ほら伝わってないでしょ？　人間の祈りじゃ腹は膨（ふく）れないの、ちゃんと魔力をくれなきゃ。それ伝わってなくて、あたしから一方的に加護を持っていくから、何百年も飢えたまんまだったんだからね」

「そ、そうなのか。しかし大地の精霊ともなると魔力くらい——」

「大地の魔力は白の魔力なの。黒の魔力もくれなかったらエネルギーになんないの」

ぷんぷん、って副詞が一番良く似合う感じで怒っているオノドリム。

「そ、そうだったのか」

「途中から声も届かなくなるし、意識ももうろうとしていくしで、きっっっっっ——」

オノドリムは目一杯「溜めて」から。

「っつかったんだからね！」

「そ、それはすまない」

「だから、命の恩人」

話が戻って、オノドリムは俺にそう言った。

「そういうことだったんだ」

つまり……こういうことか。

延々と食べるものがなくて、飢え死にする寸前だったところに、ご飯をあげた。

……それは、確かに感謝される。

俺もそういう状況でそうされたら、涙を流して感謝する。

せざるを得ない。

「そう、だから何かさせて。ねえ何がしたい？　体で返した方がいい？」

「それはダメだ‼」

皇帝がいきなり大声を出して、オノドリムを止めた。

「え？　なんでさ？」

「え？」

聞き返された皇帝が、なぜか戸惑っていた。

美しい顔にはじめて見るような困惑の色を浮かべている。

「そ、それは——そう！　まだ早い！　マテオは、人間の子は六歳じゃまだでき、、、ないいから」

「え？　……」

オノドリムはなぜか目を細めて、俺を見た。

「本当だ、子供だった」

「なんじゃ、今までどう見えていたのじゃ」

「精霊は霊的な存在にピントを合わせて見るからさ。肉体的な見た目は、目をこうしないと見づらいのよ」

「なるほど、老眼のようなものじゃな」

「老眼いうな！」

オノドリムはパシッと反論した。

じいさんの喩(たと)えは、なるほど分かりやすいと俺は密かに思った。

「むっ？　しかしそれは……」

「どうした、ローレンス卿」

「マテオが、霊的に大きな存在だということじゃな」

「おおっ、そうなのか精霊殿」

皇帝は嬉しそうにオノドリムに聞いた。

「うん。このあたりで一番おっきいね」

「そうか！　すごいぞマテオ」

「当然じゃ、わしの孫じゃからな」

精霊の「この辺で一番でっかい人間」というお墨付き（すみつ）きをもらって、皇帝とじいさんは大いに喜んだ。

「体はじゃあなしとして、ねえ、何かさせて。命の恩人になんもしないのはムズムズして気持ち悪いのよ」

「そっか……どうしようかな」

その言い分も分かる。

一宿一飯の恩義、その数百数万倍って感じの恩義だろう、オノドリムの言い分だと。

それなら、彼女のためにも、何かしてもらおうかなって思う。

とはいえやっぱり思いつかない。

「マテオよ、魔法を教えてもらうのはどうじゃ？」

「魔法？」

俺はじいさんを見つめ、聞き返した。

「うむ、マテオは魔力が高いのじゃ。大地の精霊なら、魔術の知識も多く持っておるじゃろう」

「なるほど」

それはいいかもしれない。

知識をもらう、というのはありといえばありだ。

「なに？　魔法が好きなの？」

「うん」

魔法だけじゃないけどね。

武器になるものは好きだ。

スキルだったり、知識だったり、魔法だったり。

そういう、身につけて武器になるようなものは全部好きだ。

「じゃあ、魔力をあげる」

「魔力？　魔法じゃなくて？」

「うん。大地の魔力をそのまま使えるようにしたげる。普通人間は使えないけど」

「……あっ！」

俺はハッとした。

「どうした、マテオ」

「この前習ったんだけど、人間って黒の魔力しかないんだ」

「うむ、そうじゃな」

「で、さっき彼女が言ってた、大地は白の魔力ばかりって」

「言っておったな」

「そして魔力は白と黒の二種類の魔力がないと使えない。だから、人間が使うときは黒を一部白に変換してから魔法を起動させる」

「……なるほど！」

「どういうことだ？」

まだ理解していない皇帝に、俺はさらに説明を続ける。

「もし、大地の魔力が使えるんなら、変換する必要がなくて、スムーズに魔法が使えるってことだよ」

「おおっ！」

「ふふん、それだけじゃないよ。大地の魔力は人間のよりずっと多いからあれだけど。人間の黒の魔力をそのまま使えるから、実質魔力が倍になるってこと」

「それはすごい」

「マテオの強大な魔力がさらに倍になるのか、それはよいことじゃ」

皇帝とじいさん、二人とも興奮した顔をしている。

俺も……そうだ。

魔力が倍に増えるなら、言うことはない。

「どうかな」

「それは嬉しいな……お願いしていいかな」

「もっちろーん。じゃあ契約しちゃうね」

「契約？」

「うん」

オノドリムはそう言って、顔を近づけてきた。

そして、俺の頰にちゅっ、ってキスをしてきた。

「ああっ！」

皇帝がなぜか声をあげた。

「はい、契約成立」

俺から離れたオノドリムはニコニコ顔で言った。

「なにかやってみて」

「わかった」

俺は頷き、魔法を使う。

使おうとした瞬間、今までにない感覚を覚えた。

足元からせり上がってくる、白の魔力。

自分のものじゃない白の魔力が体に流れてきた。

それを自分の体にある黒の魔力と織り交ぜて——魔法を使う。

とりあえず使っても誰にも害を及ばさない、ってことで回復魔法を使った。

「わあ、すごい」

本当に、前の半分の魔力と、半分の手間で魔法を使うことができた。

これは……むしろお礼を言わないとな、って思っていると。

「ええっ！　回復魔法を使えるの、君！」

「え？　ああ、古代魔法、だっけ」

「うん！　この数百年使い手いなかったけど……使えるんだ」

「ふふん、マテオじゃからな」

じいさんは得意げに胸をはった。

「君……もしかしてすごい人、なの？」

ぬぬっ？

恩返しで一段落したって思ったけど。

オノドリムのこの反応……さらに気に入られた感じ、か？

精霊の偏愛

オノドリムが俺を見つめている。

探るような、期待するような。

そんな目だ。

どうしたもんかな……って思っていると。

「みゅーみゅー」

窓が叩かれて、そっちを見ると、チビに戻ったエヴァが窓ガラスの向こうに張り付いていた。

近づいて窓を開けてやると、エヴァは俺に飛びついてスリスリしてきた。

「どうした」

「みゅっ」

「そうか、魔力が切れて戻ったか。じゃあ今日はもういいから、後は休んでて」

「みゅっ！」

エヴァは小さく鳴いて、俺から降りて、足元で丸まった。

俺に飛びついてじゃれつくのも好きだけど、足元で丸まって寝るのはそれ以上に好きらしい。

つくづく、その姿を見ていると「ワンコだなあ」と思ってしまう。

「その子……」

「うん？」

振り向く。

オノドリムがエヴァを見て不思議がっている。

「どっかで会った？　なんか見覚えがあるけど」

「霊的には同じく見えるんだね」

俺は納得しつつ、説明をする。

「さっき、僕の後ろにレッドドラゴンがいたよね。それがこの子なんだ」

「あっ、本当だ。かなり弱ってるけどあれと一緒だ……あれ？」

一つ納得したと思えば、また次の疑問が生まれたような感じになるオノドリム。

彼女は目を細めて、見えにくいものを見るような仕草をした。

「なんで、小さくなってんの？」

「これがエヴァの本来の姿だよ。生まれたばっかかだから」

「じゃあ、さっきのは？」

「僕が魔力をそそいで、大きくしてあげた」

「えええ⁉　そんなこともできるの？」

「うん、まあ」

俺は曖昧に頷いた。

つい素直に答えたが、ここはぼかした方が良かったかな――とは思ったが。

ぼかしても意味がないと、すぐに思い知った。

「無論じゃ、マテオじゃからのう」

「凡夫には不可能だろうが、マテオならそれくらいは当然のようにやってのけるのだ」

じいさんと皇帝、二人がものすごく息のあったコンビネーションで俺のことを褒め称えた。

そうだった、この二人が同席してた。

この二人がいる限り、俺がいくら謙遜しようとしても無駄な努力で終わってしまうだろう。

「ねえ、それをちょっと見せてもらえる？」

「うん、いいよ。ちょっと場所を取るから、ここを空けて――あっちに座っててくれる？」

「わかった」

オノドリムは俺に言われた通りに、少し離れたところのソファーに座った。

俺はエヴァの方を向いた。

どうせじいさんと皇帝がいるし、断っても無駄だから俺は素直に頷いた。

「エヴァ、ちょっといい？」

「みゅー」

エヴァは起き上がった。

四本脚で立って、俺を見あげる。

「ちょっとだけ、前みたいに前脚だけね」

「みゅっ！」

「いくよ――えい！」

俺はエヴァに触れて、魔力をそそいだ。

前にチンピラを制圧したときのように、前脚一本だけ元の姿に戻した。

ぎりぎり室内に収まった、本来の姿のエヴァの脚。

「おおっ、さすがじゃ」

「このようなテクニカルなこともできるのか、さすがだ」

じいさんと皇帝はいつも通りだから、軽くスルーして。

オノドリムの方を向いた。

「す、すごいわね。人間とは思えないわ」

彼女は驚きと感心の間くらいの反応をしていた。

「そう？」

「そうよ。普通はこんなことできないし、ましてや脚一本だけなんて。いままで何千万・何億の人間を見てきたけど、こんなの知らない」

「何億」

そうきたか。

大地の精霊で数百年間人間を見守ってきたのなら、それくらいの数になるのか？

彼女が感嘆（かんたん）しているうちに、エヴァは元に戻った。

子犬のような愛くるしい姿に。

「……」

ふと、頭の中であることがひらめいた。

エヴァは、自分の力であの姿になることができない。

俺の魔力じゃなきゃダメだ。

それと同じように、オノドリムも……？

「ねえ、一つ聞いていいかな」

「なに？」

「さっき、僕の魔法で、オノドリムがまた繋（つな）がって、普通の人間にも見えるし声が聞こえるようになったんだよね」

「うん」

「それって、何百年かぶりなんだよね」

「そだよ」

それが？　って顔をする。

「なんで自分でしなかったの？　何百年も、人間で言うとお腹を空かしたままで。大地の魔力が使えるんでしょ」

「なんだ、そのことか」

オノドリムはあっけらかんと頷いた。

「あたし人間じゃないから、魔力の変換できないんだもん」

「魔力の変換ができない？」

「うん、白の魔力しか使えない」

「……黒に変換ができないから、魔力が使えない、ってこと？」

「そ、だから人間と契約して、あれこれいろんな形で人間から黒の魔力を提供してもらう、そういう契約だったんだけどねえ」

オノドリムはそう言って、深い……深い深いため息をついた。

そういうことだったのか……。

「不便なんだね」

「精霊ってそういうものだから」

「……ってことはさ」

「なに？」

「僕が魔力を提供すれば、オノドリムも魔法を使えるようになるってこと？」

「理屈ではね」

「理屈？」

「精霊は燃費が悪いの。白の魔力は余るほどあるから、節約とかしてこなかったしね。だからちょっとした魔法でもものすごい魔力を使う」

「ふむ、まるで甘やかされた貴族の子供のようじゃな。二十皿の料理を作らせて全部一口ずつ食べて満足する、そのような輩と似ている」

「最初から恵まれていればそうもなる、精霊殿に非はない」

じいさんと皇帝の会話が間に割り込んできた。

じいさんの喩えが実に的確で、俺はものすごく納得した。

まあそれはともかく。

理屈ではできるのは分かった。

だったら――試してみるまでだ。

俺はさっきのことを思い出した。

オノドリムが俺に大地の魔力との「繋がり」を授けてくれた時のことを。

その時のことを思い出して、オノドリムに近づき、頬にそっと手を当てながら。

「だから、あたしには――」

何かを言いかけるオノドリムの頰にちゅっ、ってキスをした。

さっきしてくれたように、頰に触れるキス。

「ああっ！　ま、また‼」

皇帝がまたも声をあげた。

次の瞬間、俺とオノドリムの間が光った。

さっきと同じように、おそらくは契約の光。

「こ、これって……」

戸惑うオノドリム、自分の手を見つめる。

「これでオッケー、さっきしてくれたことと同じだから心配しないで」

「それ知ってたの？」

「ううん、見よう見まね。なんか間違ってた？」

「間違ってないけど……ええ、うそぉ⁉」

「マテオじゃからな」

「……」

じいさんはいつものように俺を褒めたが、皇帝はなぜか黙ったままだ。

「見よう見まねでそんなことが……」

「それよりも、やってみて」

「え?」

「魔法を使えるかどうか。僕の魔力、黒の魔力を使えるようになったはずだから」

「で、でも、人間一人分じゃ無理だよ」

「やってみようよ」

「うむ、やってみるがいい。そして驚きおののけ」

じいさんがノリノリだった。

なんか確信めいた口ぶりでもあった。

俺とじいさんにせっつかれて、オノドリムは――

「じゃ、じゃあ、ちょっとだけ」

そう言って、部屋の中を見回した。

学園長室の隅っこに、鉢(はち)に入った観葉植物がある。

それに近づき、手をかざすオノドリム。

次の瞬間、光が観葉植物を包む。

そして――一気に育つ!

ほどほどの大きさだった観葉植物が、一気に天井まで届くくらいに育った。

「本当に使えた……」

「良かったね」

「そ、それより大丈夫なの？」

「うん。予想よりちょっと多めに魔力持っていかれたけど、大丈夫」

レイフにチェックしてもらって、俺の魔力は圧倒的みたいだからな。

大丈夫だと思ったんだけど、本当に大丈夫で良かった。

「……」

オノドリムは驚いたまま、俺を見つめる。

そして……。

「……ありがとう」

と、今までのとはちょっと違った、しっとりとした感じでお礼を言ってきた。

そして、俺をじっと見つめる。

その目もやっぱり今までのとは違って、なにやら真剣な目だった。

どういう目なんだろう、って思っていると。

「ねえ、もうちょっと、魔力を使わせてもらっていい？」

「いいよ。何をするの？」

「すぐに分かるよ。そうだ、君の名前は？　できればフルネームで」

「え？　うん」

俺のフルネームを伝えると、オノドリムは魔法陣を開く。

繋がった俺とオノドリムは、触れあわずに魔力の受け渡しができる。

その魔力でオノドリムは魔法を使った。

次の瞬間。

『我が名はオノドリム、大地を司る白き精霊なり』

「むっ、これは」

「精霊どのの声が頭の中から聞こえる」

目の前にいるのにもかかわらず、オノドリムの声が頭から聞こえてくることに戸惑うじいさんと皇帝。

そして、外もざわついた。

おそらく、同じように聞こえてるんだろう、と状況から判断する俺。

それはいいんだけど、何をするんだ？

『我が名において、マテオ・ローレンス・ロックウェルに、帝国と同等の加護を授ける』

……へ？

何それ、どういうこと？

と、俺の理解よりも早く。

「「うおおおお‼」」

外から大歓声が轟(とどろ)いた。

それで、理解した。

精霊は、帝国と同じ加護を俺に授けるって宣言した。

帝国に向けるものと同じものを、俺という個人に。

それを言ったオノドリムは、

「どうかな?」

と、何か期待するような目で見てきたが。

それ……やり過ぎ!

じいさんと皇帝が今までやってきたことが霞むくらい、やりすぎだと思ったのだった。

29 大地の守護者

式典が終わった後、俺は学園の図書室にいた。
「はあ……落ち着く」
大分静かになった環境で、本を読んで心を落ち着かせる。
今日は色々あった。
じいさんに皇帝にオノドリムに。
三人にあれこれで溺愛(できあい)されて、激動の一日だった。
それを落ち着かせるために、図書室で本を読む。
やっぱり本を読むときが一番落ち着くなあ、と思った。
今読んでいるのは魔法の本。
屋敷の書庫にはなかった、古めかしくていかにも高価な本だ。
それを読んでいると——。
「ここにいたのか、マテオ」

「あっ、陛下」

皇帝が入ってきた。

俺は立ち上がって出迎えようとしたが、皇帝は手を上げて俺を止めた。

「よい。長い式典の後だ、余もいささか疲れている。大層な挨拶は不要だ」

「そっか、わかった」

俺は納得して、座ったまままとりあえず本は置いた。

「でも、陛下もつかれてたんだ」

俺はてっきりそんなことはないものだと思ってた。

今日の式典はじいさんと皇帝の合作だ。

俺を持ち上げるために、色々二人でやった。

だから俺は、皇帝が「マテオのためならこれしきのことは」とか、言い出すと思っていた。

そうじゃなくて、ちょっと意外だ。

だが。

「うむ、徒労感がな」

「徒労感？」

「精霊殿に全て横からかっさらわれた気がしてな。……マテオのために色々したのに」

最後はぶつぶつと小声だったが、予想した内容ってこともあって、きっちり耳で拾えた。

そういうことか。

ちょっと苦笑いしたが、皇帝はいつもの皇帝で、ホッともしていた。

その皇帝は、俺と目が合って、フッと笑いながら疲労を置き去りにした様子で聞いてきた。

「どうだ、この図書室は」

「ここって、陛下がご本を集めてくれたんだよね」

「うむ。マテオの屋敷に送ろうとも思ったが、これからここで過ごす時間も長くなりそうだったからな、ここに送らせてもらった」

「そっか、ありがとうございます、陛下。すごく嬉しいよ」

「そうかそうか」

皇帝は満足げに、しきりに頷(うなず)いた。

さっきまでの疲労感がどこへやらって感じだ。

「して、読んでいたのは？」

「古代魔法のご本だよ」

俺は一旦置いた本を再び手に取って、閉じて皇帝に表紙を見せる。

「なんだ、与太話(よたばなし)のやつか」

「与太話？」

「うむ、余も読んだことはある。蘇生(そせい)魔法に関して書かれているものだ。さすがに重大な内容だから、見つけたときは読まざるを得なかったよ」

「なるほど、それもそうだね」

俺は本の表紙を自分に向けて、それを見た。

蘇生魔法。

文字通り、失った命を蘇らせる魔法。

そんなもの聞いたこともないが、読んだことのある皇帝がそれを「与太話」と評するからには、あり得ない話なんだろう。

「そっか。すごい魔法だから、もしかしたらって思ったんだけどね」

「いくらマテオでも、それは不可能であろう」

皇帝は「ふふっ」と笑った。

これもちょっと予想外。

皇帝が普通に「いくらマテオでも不可能」って言うなんてな。

まあ、蘇生なんてできたら自然の摂理が壊れちゃうから、当たり前といえば当たり前なんだろう。

そんな風に考えながら、俺は本をめくる。

さっきまで読んでいた序文の次のページには、さっそく術式が書かれていた。

「これ、回復魔法と結構似てるね、術式が」

「なら、ますます悪質だ。傷を癒やす魔法と命を蘇らせる魔法。言うなれば同じ系統なのだから、それで可能だと誤認させるのは極めて悪質と言わざるを得ない」

「うん」

「そうなのか?」

「そうだね」

相づちを打ちながら、さらにページをめくる。

「……あれ?」

「どうしたマテオ」

「うん、このページに具体的な話が書いてあるけど」

「うむ、それが不可能たるゆえん、与太話たるゆえんだ」

読んだことのある皇帝はそう断じた。

俺はじっくりと内容を読んでみた。

そこに書いてある理屈は簡単だ。

まず、蘇生魔法は大量の魔力を一気に使う。

全魔力が一〇〇だとして、白の魔力を一〇〇、黒の魔力も一〇〇。

合計二〇〇の魔力を使ってしまう。

つまり、一〇〇の魔力をもつ人間に二〇〇の魔力を使えという話だ。

俺が説明を最後まで読みきったのを見計らってから、皇帝はさらに言ってきた。

「与太話、いや、悪戯であろう？　一〇〇の魔力しか持たぬものに、二〇〇の魔力を使って魔法を使うなど。人間は一〇〇を持っていたら五〇と五〇でしか魔法を使えないというのに」

白の魔力と黒の魔力の関係。

魔法は、白と黒両方の魔力がなきゃ発動できない。

しかし人間は黒の魔力しか持っていない。

魔法を使うには、黒の魔力を白に変換してから使うという手順がいる。

それはつまり、皇帝が言うように、一〇〇持ってる人間が半分の力でしか魔法を使えないということだ。

その大前提を覆して、一〇〇の人間に一〇〇＋一〇〇の二〇〇を出せというのは悪戯と言われても仕方がない。

「まあ、両方を持っている神ならできなくもないかもな」

そう、皇帝は言ったが。

「……」

俺はあごをつまんで考えた。

「どうした、マテオ」

「うん……ちょっと待って」

俺たちは図書室から出た。

すっかり静かになった校舎の外に出た。

庭になっているそこで、探して回る。

岩があったから、ひっくり返してみた。

「あった」

岩の裏にダンゴムシがいた。

「それをどうするのだ?」

「試してみる」

「試すって……まさか?」

「うん」

そのまさかだ、って意味合いを込めて頷く。

一匹のダンゴムシをつぶした。

はっきりと死亡が分かるくらいにつぶした。

そして、目を閉じる。

術式を思い出す。

魔力を使う。

俺の全魔力、一〇〇の黒の魔力。

そして――大地の魔力、俺の一〇〇に相当する白の魔力。

それを合わせて、蘇生魔法の術式を発動。

「レイズデッド！」

魔法が発動した。

金色の光が、つぶれたダンゴムシを包む。

「うっ」

「マテオ！」

「大丈夫、魔力を全部使い切ってめまいがしただけだから。それよりも――」

俺はさっきつぶしたダンゴムシを見た。

完全につぶれていたダンゴムシは、全くの元通りになって、土の上を這っていた。

「蘇生したね」

「ど、どういうことなのだ？」

「うん、黒の魔力は全部ぼくのを使って、白の魔力はオノドリム――大地から借りたんだ」

「あっ……」

ハッとする皇帝。

「その結果がこれ。つまり、蘇生魔法は与太話でもなんでもないんだよ」

「……」

「まあでも、全魔力を使い切るから、直前にちょっとでも魔力を使ったり、体調が悪かったりすると使えないけどね」

「つまり、だ」

「うん？」

「マテオにしか使えない魔法、ということだな」

「え？　うん……そうだね」

今はそうなるのかな。

と、俺が頷く。

「そうかそうか、マテオだけか。ふふふ」

皇帝がニヤニヤしだした。

あっ、これはいけない。

俺にしか使えない、蘇生の古代魔法。

それが皇帝を興奮させたようだ。

「すごいぞマテオ、さすがマテオだ」

「う、うん。ありがとう陛下」

「これは広く喧伝せねばな」

「ちょっと待って陛下」

「うむ？」

「蘇生魔法のことはあまりおおっぴらにしない方がいいと思うんだ。いろいろ、やっかいなことになりそうだから」

「ふむ？　なるほど、そう言われればそうだな」

皇帝は納得した。

納得してくれて助かる――と思ったが。

「しかし、大地の精霊の力をさっそく活用してすごいことをしたマテオ、その功績が埋もれてしまうのはもったいないぞ」

「えっと」

「マテオよ、蘇生のことさえ言わなければいいのだな」

「えっと、うん。そうかな」

俺は曖昧（あいまい）に頷いた。

こうなったらもう、止められないな。

「なら、こうしよう。余（よ）が精霊殿の加護を追認するのだ」

「追認」

「うむ、これは帝国皇帝としてもやるべきことだ、うん」

なんだか自分に言い聞かせるような言い方をする皇帝。

「精霊の加護を受けたマテオを、皇帝としてそれを認めるという宣言を出す。精霊に認められてすごいマテオ、というわけだ」

「うん、それなら——」

いい、かな。

というかそれは止められない。

今日臨席した人たち全員にオノドリムの声が届いてる。

どのみち広がっていくことだ。

それに、皇帝が言う「皇帝としてもやるべきこと」ってのも分かる。

「うん、わかった。でもあまり恥ずかしいことにはしないでね」

「安心しろ、前回と同じにする」

「前回？」

前回ってなんだ？

「前回は空だったから、今回は大地だ」

「あっ……」

なるほどそれか。

竜の騎士に任命されて、「空」をもらった。

そういう意味の「大地」か。

「よし、早速やらせよう。少し待つが良い、マテオ」

そう言って、皇帝はパッと飛び出して、あっという間に姿が見えなくなった。

「えっと……」

俺は苦笑いする。

結局それも恥ずかしいんだけどな——と思ったけど、実際はもっと恥ずかしくなった。

数日後、皇帝はオノドリムと結託して、俺に「大地の守護者」という称号を授けた。

同時に、「竜の騎士」から「空の王」にアップグレードした。

こうして、俺は「空の王」と「大地の守護者」と呼ばれるようになるのだった。

30　ここ掘れワンワン

夜、屋敷の書斎で、一日の活動のほとんどを終えた俺は、最後の「テスト」を行っていた。

机の上に置かれた虫かごから蜘蛛(くも)を一匹取り出して、同じくあらかじめ用意したナイフで、まずは首を落とす。

その後、首をランタンの火につけて、完全に炭になるまで焼き尽くす。

そうしてから――。

「レイズデッド」

大地の白の魔力を取り込んで、俺の黒の魔力と合わせる。

自分の最大魔力の倍の魔力を使って、蘇生(そせい)魔法を蜘蛛にかけた。

魔法の光は蜘蛛を包み込んで、しばし。

「……これだといい、だめか」

首を落として絶命した蜘蛛は何も変化が起きることなく、死んだまま動かなかった。

そして、魔法の光も消える。

レイズデッド。

蘇生の古代魔法は完全な不発に終わった。

この一週間、俺は毎日この時間に、レイズデッドのテストをしていた。

レイズデッドの特性、それは一気に全魔力を使い切ってしまうこと。

たとえ魔力が一しかなくても、逆に一〇〇〇〇くらいあっても。

全部使ってしまうのだ。

使い切って、その後、丸一日何もできないなんてことにならないように、俺は夜の寝る前のこの時間を使ってテストすることにした。

そうして一週間、レイズデッドの効果が大体分かってきた。

まず、完全に蘇生できるパターン。

これは死亡して間もなく、かつ、死体がまるまる残っていること。

この二つの状況が揃っていれば、完全に蘇生することができる。

次に、死体がまるまる残っているが、時間が経過したパターン。

これは一見すると蘇生できたように見えたが、再び動き出したそれは生前とは似ても似つかない動きや見た目になってしまう。

平たく言えば「ゾンビ」になってしまうのだ。

正直、蘇生の意味がほとんど感じられない。

最後に、死体がまるまる残ってないパターン。

例えば今の蜘蛛のように首をどうにかしたパターンだ。

これは蘇生がまったく不可能になる。

ゾンビにすらならない。

他にも厳密にいうと細かいパターンがあるが、大体はこの三パターンに収まる。

完全蘇生と、蘇生不可能なのは深く考える必要はなかった。

俺は、蘇生はしたものの、ゾンビになってしまうパターンを考えた。

そして——聞く。

「霊的なものが見えなくなるんだっけ」

俺が聞くと、大地の精霊オノドリムが答えた。

「うん、要するに魂だね」

ずっと部屋の中にいて、俺がやってることを見守り続けたオノドリムが答えた。

あの日以来、オノドリムは暇さえあれば俺のまわりにいる。

「魂か」

「人間って魂のことあまり分からないんだっけ」

「ううん、なんとなく分かるよ」

そう、俺にはなんとなく分かる。

俺に起きたことを考えればそうだ。

前世の記憶を持っていて、気がついたら大の大人だったのが赤子になって、橋の下に捨てられていた俺。

魂がそのままで転生した、としか考えられないようなことを経験してきた俺は、この世の誰よりも魂のことを体感として理解し、存在を確信している。

「そか。魂って死んでもしばらくは体の中に残ってるんだけど、しばらくするとすぅって抜けて、どこか行ってしまうの」

「魂がないのにレイズデッドをかけたら魂のないまま無理矢理蘇生させる、それでゾンビになるってことだね」

「そういうことだね」

「なるほど……」

となると、テストじゃなくて実際に使うときは、死んでからの経過時間も気にした方がいいな。

大事な人が蘇る——と思ったらゾンビになってしまったんじゃ、二度悲しむことになるだけだ。

やっぱり、レイズデッドの存在は、ごくごく一部の人間以外には完全に隠しておいたほうがいいな。

となると——。

「ねえねえ、何か困ってる？」

「え？」

いきなりどうした、って感じでオノドリムを見る。

彼女はわくわくした——というか何かを期待しているような目で俺を見つめていた。

「困ってるというか——」

レイズデッドの扱いを真剣に考えてただけだ。

「あっ、そっか、そういうことだ」

オノドリムはポン、と手を叩いて、勝手に何かを納得していた。

「そういうことかって、どういうことなの？」

「人間ってお金がないと困るんだよね」

「え？　うん……そう、だね」

俺は今困ってないけど、「人間は金がないと困る？」って言われれば、まあ困ると答えるしかないな。

素直にそう答えたのは、オノドリムが「お金」から一番かけ離れた存在だからな。

何しろ大地の精霊。

いろんな本を読んできた。

「大自然」とか「大地」とか、そういうタイプの精霊のことを知識でたくさん覚えた。

そしてオノドリムと出会ってから、それを本人とのやり取りのなかで「答え合わせ」もした。

大地の精霊は、力はすごいし、人々にあがめられているから名声もすごい。

だが、俗世のもの、特に金銀財宝とは縁の遠い存在だ。

オノドリム本人も、「なんで黄金と白銀で価値が違うの？」って、何百年も人間を見守ってきたはずなのに、いまだに理解していないくらいだ。

だから、何も起きないだろうと思って、俺は頷いた。

……安易にも。

「わかった！　じゃあついてきて」

「ついてきて？」

「うん！　そうだ、たくさんあるから人手も連れてきて」

「人手？」

「行くよ！」

「わわ、ちょ、ちょっとまって！」

オノドリムは俺の手を引いて、書斎から無理矢理連れ出した。

既に夜遅くなっているが、そこもやっぱり大地の精霊だからなのか。

昼も夜も関係ない、って感じでオノドリムはテンションマックスだ。

よく分からないけど、オノドリムに従うことにした。

途中でメイドを捕まえて、何人か人手を、と言って、オノドリムについていった。

屋敷を出て、馬車に乗り換える。

一直線に街を出て、街道を無視して進む。

「どこまで行くの？」

「すぐそこだから」

オノドリムはそう言って、馬車を先導する。

歩くその姿は、人間が作った道などまったく無視して、知っている目的地まで最短距離の直線を進んでいる、って感じだ。

それについていくこと、小一時間。

人気（ひとけ）のない山中にやってきた。

「ついた」

「ついたって、ここがどうしたの？」

「ここを掘って。あんたたち早く」

オノドリムは連れてきた使用人たちに命令した。

使用人たちは困った顔で俺を見た。

普通の人間ならば従う義理はないが、相手が大地の精霊ともなれば無視していいのか困ってるって感じだ。

それで俺に「どうしたらいい？」って視線で聞いてきた。

「えっと、彼女の言うとおりにして」

俺が言うと、使用人たちは動き出した。

地面を掘り始めた。

道具も何も持ってないから、木や石を使って掘ったり、手で土を掻き出していた。

そうして掘り続けて、さらに小一時間。

かっ！　っていう、今まで土を掘っていた時とはまったく違う音が聞こえた。

「そうそれ、それを運び出して。三十個あるから」

オノドリムが言った後、使用人たちはさらに掘る。

すると、掘り当てたものが、頑丈な壺であることがわかった。

それを慎重に掘り出して、穴の中から地上に出す。

発掘された壺を取り囲む俺と使用人たち、そしてオノドリム。

「これは？」

「金貨」

「へ？」

「人間でいうと……埋蔵金？」

「埋蔵金……えええええ⁉」

俺は壺のふたを開けた。

すると、たいまつに照らされて、壺ぎっしりの金貨が輝いていた。

「す、すごい……」

「こんなに……」

使用人たちが大量の金貨に絶句した。

「どういうことなの？」

「だから、人間たちが埋めてった埋蔵金。ここは三〇〇年くらい埋まってるのかな。誰も取りに来たことないけど」

「埋蔵金……それを知ってるの？」

「当たり前じゃん」

オノドリムはニカッと笑った。

「大地に埋めたものなんだから、あたしが知らないはずないよ」

「そっか」

俺は納得した。

そして、オノドリムはさらにニカッと笑う。

「埋蔵金はまだまだあっちこっちにあるから、全部あげる」

「それって――」

意味を理解したあと、俺は言葉を失った。

世界中に、埋蔵金伝説が山ほどある。

歴史を見ても、金持ちとか権力者とかが埋めていった話は枚挙にいとまがない。

それを――全部俺に。

「ねえねえ、嬉しい？　助かる？」

ワクワク顔で聞いてくるオノドリム。

さすがというかなんというか。

大地の精霊の溺愛(できあい)は、皇帝のスケールさえも遥(はる)かに上回っていた。

31 フラグがたった

次の日の朝、この日も引き続き、埋蔵金の発掘をしていた。

使用人たちが発掘している横で、俺はオノドリムと一緒に見守っている。

その俺のまわりで、エヴァがまるで子犬のように、はしゃいでいる。

「あまりはしゃぎすぎないようにね、あとでお仕事があるんだから」

「みゅー」

エヴァは興奮したまま応じた。

俺の言葉に、オノドリムが小首を傾(かし)げた。

「お仕事ってなに？」

「うん、埋蔵金をね、エヴァに運んでもらうの。レッドドラゴンの元の姿に戻ってもらって」

そう言いながら、俺は少し離れているところに積み上げられている、壺の数々を見た。

掘り出した埋蔵金は、一旦離れた場所にまとめている。

「いいの？」

「うん、レイズデッドの効果はだいぶ分かったから、今日からは普通に魔力使えるようになったんだ」

「あの子を元に戻すのって結構魔力使う？」

「戻すだけならそんなに使わないけど、維持するのに延々と使っちゃうから、そっちの方が大きいかな、最終的には」

「そうなんだ」

他愛（たわい）もない雑談に、納得をするオノドリム。

「でも、そのおかげでいいこともあったよ」

「いいこと？」

「エヴァがドラゴンの姿に戻ってる時ってずっと魔力を使うから、魔力の効果的な使い方が体で分かってきたっていうか。いきなり猛ダッシュじゃなくて、ゆっくり長く走るやり方っていうか」

「すごい！　あたしにはできないやり方だ」

「うん、だからオノドリムのおかげでもあるんだ」

「あたしの？」

「大地の精霊は一気に使っちゃうから、それを知ってからは意識して長く続けるやり方をするようになったんだ。物事には必ず二面性があるから」

「……」

「だから、オノドリムのおかげ。ありがとう」

「ああん！　すごく嬉しい！」

オノドリムは俺に抱きついた。

むぎゅう！　って感じで柔らかいおっぱいを感じる。

「く、苦しいよ……」

俺が苦しいって言うとオノドリムはすぐに、慌てて俺を解放した。

「ごめんね！　大丈夫」

「うん、大丈夫」

ちょっと幸せだったし――おっぱいむぎゅうだったから。

それを言わないでいると、ふと、遠くにいるエヴァが地面をペロペロしているのが見えた。

「エヴァ？　なにをしてるの？」

「みゅみゅっ」

エヴァは顔をあげて一鳴き、したけどすぐにまた地面ペロペロに戻った。

「美味しい？　どういうことだ？」

エヴァの言葉を理解できるが、状況は理解できなかった。

不思議に思って、近づいてみると、地面から水が湧いていて、エヴァがそれを舐めている。

すごく綺麗（きれい）な水だ。

ものすごく透明で、「あることすら、よく見えない」くらい綺麗な水だ。

「綺麗な水だね。僕もちょっと――」

「あっ、それはだめ！」

オノドリムに止められた。

「ダメって、どうして？」

「それは毒だから」

「毒？　こんなに綺麗なのに？　っていうかエヴァは普通に飲んでるけど」

「人間には毒なの。それ、魔法に使った魔力のゴミだから」

「魔力のゴミ……超純水（ちょうじゅんすい）か」

俺はハッとした。

魔法を覚えてから、それ関連の本をより多く読むようになって、それで覚えた言葉。

「かな？　人間の呼び方はよく知らないけど」

「魔法を使った後の魔力の残り、薪（たきぎ）と燃やした後の炭みたいな関係のやつ」

「うん、それで合ってる」

オノドリムは俺の説明とたとえに頷（うなず）いてくれた。

「そっか、これがそうなんだ……」

俺はものすごく綺麗な水をじっと見つめた。

「エヴァが飲んで大丈夫なの？」

超純水の存在は本で読んだけど、それがレッドドラゴンとどうか――というのは本には書かれてなかった。

「ドラゴンなら大丈夫、というか、ほとんどのモンスターには大丈夫だし、大地にも良いものだから」

「そうなんだ」

「なんというか……肥料？」

「あはは、今のでよく分かった」

人間が口に入れるとまずいけど、大地には良い。

超純水と肥料はなるほどよく似てるのかもしれないね。

「これでちょっとだけ魔法を使えるんだよ。あたしも」

「そうなの？　でもそっか、魔法を使ったあとだから、白と黒が両方入ってるんだもんね」

「うん！」

「だったらそれを使えばお腹ペコペコにならずに済んだんじゃないの？」

「これを湖にまるまる満たして、やっとファイヤーボール一回分くらいだから」

「それは逆に悲しいね」

使えることは使えるけど、その効率？　分量？　じゃどうしようもないな。

超純水、か。

☆

午後、屋敷に戻ってきた俺。

庭でメイドたちに黄金を磨かせて、それを見守っている。

俺の横に元の姿に戻ったエヴァが寝そべっている。

埋蔵金は長く埋められていたせいですごく汚れてたけど、そこはさすが黄金。

少し磨いただけで、元の輝きを取り戻した。

鉄とかと違って、錆びることのない、永遠と輝きを放つ黄金。

人類の永き歴史に亘って、ずっと高い価値を保ち続けてきた理由を体感した。

そんなことを考えていると、

「ここにおったのか、マテオ——って、何事じゃ、これは？」

「あ、おじい様」

じいさんがやってきた。

いつものように話しかけてきたが、磨いた後ひとまず広げられていた埋蔵金——金貨とか金塊を見て驚いていた。

「また小童が送ってきたのか？　もしそうなら負けてられぬ」

「ううん、これはオノドリム」

「大地の精霊が？　精霊がなぜこのようなものを？」

「人間が埋めていった埋蔵金の居場所が全部分かるんだって。それで持ち主のいない埋蔵金の居場所を僕に教えてくれたんだ」

「おおっ、なるほどじゃ！」

じいさんは手をポンと叩いた。

「精霊はマテオに与えられるのが、せいぜい知識と魔力程度だと思っていたが、それがあったとはな。なかなかにやるではないか」

じいさんはオノドリムに感心して、彼女を褒める言葉を口にした。

「ふむ、となると」

「え？」

「世界中の埋蔵金を考えればまだまだこの程度ではないな」

「うん、そうだね。多分、全部掘り出せば、帝国の年間予算の何年分かになるんじゃないかな」

「そうじゃろうな。うむうむ、よいことじゃ」

じいさんはますますご満悦って顔をした。

皇帝とはめちゃくちゃ張り合う感じだけど、オノドリムとは張り合わないのかな。

と、そんなことを思っていたら。

「して、なぜレッドドラゴンが元の姿なのじゃ？」

じいさんは横で寝そべっているエヴァの姿を見て、聞いてきた。

「うん、ちょっと実験」

「実験？」

「おじい様は超純水のことを知ってる？」

「超純水？　魔力のゴミのことか？」

「うん、それ」

俺は頷いた。

「魔法を使って出たゴミだけど、それ、オノドリムが再利用できるみたいなんだ」

「なんじゃ、肥料みたいな話じゃのう」

俺はくすっと笑った。

似たような連想になったのがちょっとおかしい。

「それで考えたんだけど、その魔力のゴミって、人間でも再利用できないのかな、って」

「人間でも？」

「うん。僕はさっき、魔力を全部使い切ってエヴァを大きくした。そして今、エヴァは元の姿でいるから、どんどん魔力を消費していて、魔力のゴミを出している」

「ふむ」

「それで――」

　そう言って手の平を上向きにして差し出す。

　手の平の上に、ロウソクのような火を灯した。

「……できた」

「おお、魔力を使い切っても魔法が使えるのか」

「うん、でも、この程度のことしかできないけど」

「いやいや、それでもすごいのじゃ！　やはり魔法の天才じゃ、マテオ」

「ありがとう、おじい様」

「ふははは、やはりマテオは最高じゃ――むむ？」

「どうしたの、おじい様」

「マテオよ、マテオは大地の精霊から加護を受けて、大地の魔力を使えるのじゃったな」

「うん」

「だったら、この技法は意味ないと思うのじゃが」

「そうだけど、大地のないところにいつか行くかもしれないからね」

　俺はにこっと笑った。

「海とか」

「先を見据えて動く！　さすがマテオじゃ！」

じいさんは、ものすごい勢いで納得した。

いや、空と大地の次は海かも……っていう冗談なんだけど。

「陸海空制覇するのも時間の問題じゃな」

いや冗談……。

冗談……で、済むよな。

㉜ 風が吹いて桶屋が儲かる

「ふむ、そうなると……」

じいさんはあごに手を当てて、思案顔をした。

ものすごく真剣に何かを考え込んでいる。

表情は真剣そのもので、普通ならいいことなんだけど……なんとなくちょっと悪い予感がした。

なんというか……いつものが来そうな、そんな感じのじいさんの顔だ。

俺はおそるおそる、声をかけてみた。

「ねえ、何を考えてるのおじい様？」

「うむ？　そういうことなら、海の近くに別荘を構えておくべきじゃな、と思ってのう」

「別荘？」

「そうじゃ、マテオがいつか海で活躍するとき、それを一番近くから見ていられるようにな」

「えっと……」

「ほれ、大地の精霊の時も、わしが学園を建てたから、精霊をものにしたマテオを近くから見ていられたじゃろ？　あれと同じことよ」

「う、うん」

戸惑いつつも、なるほどそういうことか、と納得はした。

じいさんらしい、とてもじいさんらしい話だ。

人は自分の成功体験から同じ行動を繰り返す。

オノドリムの一件はまさにじいさんの言うとおりで、学園を建てる発起人だからこそ、オノドリムと俺のことを間近で見られた。

それと同じことを「海」でもする。

じいさんの立場に立ってみれば当たり前のことだ。

「よし、早速手配してくるのじゃ。またなのじゃ、マテオ」

じいさんは風の如く去っていった。

老齢なのにもかかわらずまるで嵐のような人だ。

「えっと……放って、おくか……」

俺は苦笑いした。

じいさんが別荘を用意することを止める理由も立場もない。

普通の庶民だって、孫が生まれれば、その孫が来やすいように軽く家の中をリフォームしたりするもんだ。

煙草(たばこ)を吸うじいさんだったら壁紙を替えたり、そもそも煙草をやめたり、風呂場とか水回りを一新したり。

それを考えたら、大公爵のじいさんが別荘の一つや二つを増やすなんて話、止める理由も立場もない。

「新しい別荘かぁ。そういえばこの屋敷もだいぶ古いな」

新しい別荘を構えれば、じいさんは俺に見せるために連れてきてくれるだろう。

じいさんの別荘だとしても、新しい建物はそれだけでワクワクしてくるもんだ。

☆

次の日、何も予定がないから朝から本を読んでいると、ノックをしてパーラーメイドが書庫に入ってきた。

「お忙しいところすみません。ご主人様をたずねてこられた方がいらっしゃいますが、いかがいたしましょう」

「客？　何者なの？」

「街の商業組合長と名乗っておられました」

「商業組合長？」

驚いて、本を手元に置いた。

その役職が言葉通りなら、この街の商人たちのトップ、リーダーってことになる。

そんな人がなんで俺に？

「えっと、分かった。丁重におもてなしして。あと僕の身支度のために何人か」

「承知致しました」

パーラーメイドは一礼して、書庫から出ていった。

しばらく待つと、朝の身支度をするハウスメイドが二人やってきて、俺の身支度を整えてくれた。

さすがに初めて会うし大分偉い相手だ、失礼のないようにと念入りに身支度を整えた。

それをしてから、応接間に向かった。

中に入ると、一人の中年が立ったまま俺を待っていた。

「お初にお目にかかえります、わたくし、ヤン・ゲーニッツと申します」

「えっと、マテオ・ローレンス・ロックウェルっていいます」

「お目にかかれて光栄です」

「えっと、どうぞ座って下さい」

向こうがものすごく下手に出て、恭しく接してきた。

それに戸惑った俺は、とりあえずお互いに座るように提案した。

ソファーで向かい合って座ると、

「えっと、ゲーニッツさん。僕に何か用なの？」

「本日は、マテオ様にご提案にあがりました」

「提案？」

「こちらとなります」

ヤンは俺たちの間のテーブルに、何枚もの紙を広げた。

身を乗り出して紙を見る。

それは、いくつかの建物の見取り図だった。

「これは？」

「当商業組合からの、屋敷のリフォーム案となります」

「リフォーム？」

「こちらは新築の場合と、その期間の仮住まいの屋敷の概要となります」

「まってまって、どういうことなの？　リフォームってなんの話？」

「このお屋敷のことでございます」

「この屋敷？　僕、リフォームするなんて言ってないよ？」

ちょっと驚いた。

営業？　売り込み？

どっちにしろ、そんなの今は必要ない。

「もちろん、いずれの場合も、代金はすべて当組合が負担致します」

「え？」

それって……ただでやってくれるってこと？

「ど、どうして？」

「ですので、どうか！」

ガバッ！　って感じで、ヤンは図面を広げているテーブルに手をついて、頭を下げた。

「お引っ越しを、どうか考え直していただけませんか？」

「引っ越し？　なんの話なの？」

「申し訳ありません、情報源は明かせませんが、マテオ様が海を気になさって、この屋敷が古くなったから次は海に、というのを小耳に挟んだもので」

ヤンは申し訳なさそうに言った。

……。

おおう。

いくつかの情報が入り乱れて間違って伝わってるな、これ。

次は海に、ってのは俺の冗談だ。

海に別荘を、というのはじいさんが言ってた。

この屋敷が古くなった、と確かに俺は言ったけど別にどうにかするつもりはない。

それが、多分メイドたちの誰かが世間話とかそういう感じで漏(も)れて、伝言ゲームばりにおかしく伝わったんだろうな。

それは分かった、推察がついた。

ついた、が。

「それがどうして、ゲーニッツさんたちがリフォームしてくれるという話になるの？」

「マテオ様の元に、やんごとなきお方がお二人、定期的に通われております」

やんごとなきお方が二人……じいさんと皇帝か。

うん、そうだろうな。

じいさんはともかく、皇帝が通ってるから、ヤンは明言を避けたんだ。

避けたからこそ、皇帝のことなんだと確信する。

「そのおかげで、この街と近隣の街道が、他よりも圧倒的に整備されております」

「……ああ」

多分皇帝か、じいさんか、あるいは二人ともか。

俺に会いに来たいから、スムーズにするために街道を整備させたんだな。

「その恩恵を、この街の商人たちはみな受けております。既に目に見えて経費減、売上増している者が七割、今後のことを考えれば全員がその恩恵にあずかれるかと」

「それってどういうこと？　恩恵って？」

ちょっとよく分からなかった。

ヤンは顔を上げた。

「道が整備されれば、商品は早く届きますし、輸送中に不良品になる確率もかなり低くなります」

「あっ、そっか」

そりゃそうだよな。

商品が早く届くし、輸送中に壊れたりするのがなくなる。

うん、それだけでかなり儲けが増えるな。

「さらに言えば」

「まだあるの？」

「今後も街道を定期的に修繕していけば、その分職人や人夫が潤います。この類の事業は、現地の職人を使うのが当たり前ですから」

「なるほど、うん、そうだね、仕事があればそれだけでお金が回るもんね」

「おお、噂に違わぬ理解力！　さすがでございます」

ヤンは明るい表情でいった。

「さようでございます。ですので、移住は……マテオ様のご移住を、是非！　再考していただければ！」

お願いします‼　って勢いで頭を下げてきたヤン。

……ああっ、そうか。

俺がここから離れると、皇帝かじいさんがやってた街道の整備がなくなるって思ったんだ。

だから、俺にここに残ってくれと。

そのためには屋敷のリフォームも新築もやってくれると。

そういうことだったのか。

やっと話を理解した。

「……うん、そうだね。お願いしようかな」

「おおっ！　ありがとうございます！」

「ううん、僕はゲーニッツさんの、さっきの意見の真似をしただけだよ」

「真似、でございますか？」

喜んでいたヤンが不思議そうに首を傾げた。

「うん。この屋敷をリフォームしたり建て直したりすれば、その分職人とか大工さんとかが儲かるもんね。仕事が回るのはいいことだから」

「……おおっ！　聞きしに勝る聡明さ！　さすがでございます！」

ヤンはものすごく感動したようだ。

「承知致しました！　マテオ様の屋敷には、すべてこの街の職人を使うことをお約束します」

「うん、お願い」

俺は何もしてないけど、皇帝とじいさんの俺への溺愛ぶりのおかげで、街の人に仕事が増えて、いい感じにみんなハッピー状態になったのだった。

黄金のほこら

「えっと……あれは何？」

屋敷のバルコニーから、まわりを見回した。

普段なら景色を眺めて楽しむところなんだけど、今日に入っているものが気になって、景色どころじゃない。

そんな俺の疑問に、ヤン・ゲーニッツ——商業組合長が答えた。

「立ち退いた者たちの建物を片っ端から取り壊している段階です。数日で終わりますのでお待ちいただければ」

申し訳ない感じで説明をするヤン。

俺の屋敷のまわりは普通に民家に囲まれている。

その民家が、片っ端から取り壊されているのだ。

それを不思議がったら、ヤンから回答が得られた。

のはいいけど——

「立ち退きって、どうしてなの？」

「マテオ様の屋敷を広げますと、敷地が今よりやや狭く感じられますので、敷地を広くさせていただくことにしました」

「敷地を広く……え？　あそこも屋敷の敷地になるの？」

「さようでございます」

「えー……」

さすがにびっくりする。

今、取り壊されている民家を見る。

それはぐるり、と三百六十度の屋敷の全周に渡っている。

目算だけでも、敷地は今の屋敷の五割増しか、下手(へた)したら倍になるレベルだ。

「そんなに――」

「マテオ様にお受け取りいただけると知って、組合員から出資が殺到致しました」

「さっとう」

びっくりし過ぎて、生返事のようになってしまう俺。

そういうのって、殺到するようなもんだっけ。

「皆、マテオ様に献上できる光栄に震えております」

だから断らずに受け取ってくれ、と言う。

ヤンの強い目で見つめられた。

こうなったら断るわけにもいかないか。

「うん、わかった。ありがとう、ゲーニッツさん」

「もったいないお言葉」

「マテオ」

俺とヤンが話しているところに、オノドリムがどこからともなく現れた。

「オノドリム？　どうしたの？」

「オノドリム……あれが大地の精霊……」

ヤンのつぶやきが聞こえたが、その顔は感動しているようでもあり、ちょっと怯えているようでもある。

オノドリムの存在にそうなっているのは明白、今はあまり触れない方がいいと思って、俺はオノドリムの方に集中した。

すると、オノドリムが、

「家が広くなるの？」

「え？　どうしてそれを？」

「マテオの土地のことなら分かるよ」

「そうなの？　僕の土地っていっても人間同士の契約の決め事なんだけど、そんなことが大地の精霊にもわかるの？」

「わかるよー。土地とか家って、その人の魂の色がうつるから」

「魂」

「人間でいうと、部屋に体の匂いが染みこむ、みたいな？」

「ああ」

そういう感じか。

たしかにそれはよくある。

他人の家に行くとはっきりするし、自分の部屋に戻った直後でも「ああ自宅の匂いだ」って感じるもの。

それと同じことを、オノドリムも感じるってことか。

「うん、そうだね。そこにいるゲーニッツさんの厚意で、屋敷の敷地が拡大されることになったんだ」

「そっか、じゃあ加護の範囲も広げなきゃね」

「土地にもそうしてるの？」

「もちろん！　大事な人だからね、マテオは」

「……おお」

じっと話を聞いていたヤンが感嘆した。

精霊にそこまで言わせるなんて――ってのは聞かなくてもわかってしまう。

「ありがとう、オノドリム」

「いいのいいの」

「でも、オノドリムがわざわざ来てやらないといけないんだね。わざわざ手間をかけさせるのはちょっと心苦しいよ」

「気にしなくてもいいよ、そんなこと」

「でも……なんかいい方法ない？」

俺はオノドリムに聞いた。

屋敷の敷地を広げるって聞いたのがまさにそうだ。

この先も、俺の意向とは関係なく、気がついたら広げられることが増えてくるかもしれない。

なぜかいろんな相手に溺愛されてて、そういうことが多いのだ。

それでいちいちオノドリムになんかやってもらうのも悪いなって思った。

「それなら、屋敷の中に、ほこらか神殿を建てるといいよ」

「ほこらか神殿？」

「うん！　そこにあたしを祀っとくの。あたしがいくらマテオに加護を授けてもマテオは別人だから。でもほこらとか神殿だと、あたしの代理だから」

「あっ、偶像ってやつだね」

前に本で読んだのを思い出した。

「そうそれ！　やっぱりマテオは賢い！」

なるほど、ほこらか神殿か。

うん、だったらそれを――。

「話は聞いた、わしに任せるのじゃ」

「うわ！　お、おじい様！　どうしたのいきなり」

「話は聞いたのじゃ」

俺は苦笑いした。

なんかノリノリだ。

「その神殿の建築、わしに任せるのじゃ」

「えっと……いいの？」

「無論じゃ。孫の住む家の改築に祖父として関わらぬことなどあり得ぬことじゃ」

「えっと……うん」

それはそうかもしれない。

「たとえ小童（こわっぱ）が横車を押そうとしても、ここは譲（ゆず）れないのじゃ」

「陛下とあまり仲悪くしないでね」

「殊更事（ことさら）を構えるつもりはないが、祖父として孫を可愛（かわい）がるのまでは邪魔されるわけにはいかん」

言い切るじいさん。

まあ、それも分かる。

じじばばが孫を可愛がるのって止められないからな。

というか、止めたらやばい。

前世での知り合いがそれをやって、じじばばが死ぬほど落ち込んで、メシも喉を通らなくて一週間で一まわり痩せて寝込んだこと。

それに罪悪感を覚えた知り合いは、孫を遊びに行かせた。

寝込んでいるじじばばに事もあろうか、孫はドン！　って飛び乗って、さながらボディプレスのような体勢になったが、孫が、

「遊びにつれてってー」

って言ったら、下手したら骨が折れかねないボディプレスを食らったのに、じじばばは瞬間に元気になって、孫を連れて遊びにでかけた。

じじばばにとって、孫ってのはそれくらいすごいもんだ。

ほこらか神殿の一つくらい、じいさんに任せるか。

「うん！　お願いします、おじい様」

「うむ、まかされた！」

じいさんはそう言って、ものすごいスピードで立ち去った。

☆

次の日、屋敷の庭。

俺は絶句していた。

目の前のほこら？　に戸惑って、ぎこちない動きで横にいるじいさんを向いた。

「おじい様」

「うむ？　どうした」

「これって、なに？」

「なにって、大地の精霊のほこらじゃ」

「えっと……ほこら？」

「うむ。ほこらじゃ」

「……黄金に見えるけど？」

「そうじゃ。黄金で作らせたのじゃ」

「ええええ!?」

驚愕(きょうがく)する俺。

そして改めてそれを見る。

それは、縦五メートル、横三メートルくらいの建物だ。

建物としてはこぢんまりしたものだ――黄金製でさえなければ。

縦五メートルに横三メートルの、黄金製のほこらだ。

唯一黄金じゃないのは、透明にしなきゃいけない窓くらいなもので、それ以外は全部黄金製だ。

「大地の精霊よ、これでよいか」

じいさんは同席しているオノドリムに聞いた。

「うん。問題ないよ、じゃあこれにあたしの加護授けちゃうね」

「それはいいが一つ聞かせてほしいのじゃ」

「なに？」

「こいつは持ち運びが可能なのじゃ」

「持ち運び？」

「うむ」

じいさんはパチン、と指を鳴らした。

すると大量の使用人が出てきた。

使用人たちは黄金のほこらをあれよあれよのうちに分解して、一メートル横にずらして組み立て直した。

まるで、積み木のような感覚だ。

「こうして、分解再構成をすることができる。必要なら——そう、マテオの別荘に持っていくこともできるのじゃ」

「あっ……」

別荘、という言葉に心当たりがあった。

海がらみでそういうことを言った気がする。

「その場合、これを解体して向こうで組み直したとき、加護はどうなるのじゃ？」

「なにも欠けてないならそのまま続くよ。組み立てたこの状態で、偶像として加護を授けちゃうから」

「なるほど、ばっちりじゃな」

「じゃあ、やるね」

オノドリムは黄金のほこらに向かって手をかざした。

光が黄金のほこらを包み込んで、ただでさえ輝いている黄金がさらにまぶしくなった。

「お、おじい様。これはさすがにやりすぎなんじゃないの？」

「なにを言う、祖父が孫にプレゼントするなど当たり前のことじゃ」

「いや、だからやりすぎ」

「老人にお金はもういらん、使わずにいてもあの世に持っていけるわけでもなし。だったら孫に使った方が幸せじゃ」

「……ありがとう、おじい様」

やり過ぎの一点を除けばじいさんの言うとおりだし。

やり過ぎだって言ってもじいさんはどうせ聞かないから。

俺はお礼を言うことにした。

「ふはははは、これからもどんどんわしに頼るのじゃ」

孫にお礼を言われて、じいさんは思いっきりご満悦（まんえつ）のようだった。

34 海へ

「避暑地？」

応接間で、俺は小首を傾(かし)げた。

いきなりやってきた皇帝に言われたことがピンとこなかったのだ。

「そうだ。余(よ)は毎年この頃になると、海の近くにある避暑地に向かい、そこで夏を過ごす。帝都の夏はいささか暑くてな」

「なるほど」

つまりは別荘ってことか。

「でも大丈夫なの？」

「うむ、何がだ」

「だって、陛下は毎日政務で忙しいのでしょう？　それが一夏まるまるいなくなったら大変なんじゃないかな。まだ留守番できる皇太子様もいないみたいだし」

「ほう、よく知っているな」

「えへへ、陛下のご本で読んだの」

　俺は子供っぽく笑った。

「そうかそうか。うむ、確かに皇太子がいれば、予行演習として国政の一部を預けていけるが、余はまだ後嗣はおらん。だが問題ない」

「そうなの？」

「うむ、避暑地は離宮にしている。そこで政務を執り行えるようにしてある」

「あっ、そうなんだ」

　避暑地から別荘を連想したから、俺はてっきり、遊びにいくもんだと想像してた。

　そうじゃなくて、避暑地でも宮殿にいるときと同じように執務ができる環境を整えてるのか。

「そこでだ、マテオよ」

「なあに？」

「一緒に来ないか？」

「え？　ぼく？」

「うむ。ローレンス卿に聞いたのだが、マテオを海に連れていったことはないそうだな」

「うん、ないね」

　マテオになってから一度も海には行ったことがない。

　前世でなら何回かあったけど。

「であれば——どうだ、海は楽しいぞ」

「うーん」

俺は考えた。

というか迷った。

ちょっと前までだったらなんの気兼ねなしに行けたんだけど、最近は「海」にフラグが立ちすぎてるから、ちょっとだけ迷う。

「だ、だめか？　そうだな、いきなり誘っても、マテオにも都合というものがあるものな」

皇帝はシュンとなった。

むっ、心が痛む。

なぜか分からないけど、皇帝がシュンとしてるのを見ると罪悪感を覚えてしまう。

皇帝ではなく、か弱い女の子かのような錯覚を受けてしまう。

「う、ううん。大丈夫だよ」

「おおっ!?　で、では？」

「一緒に連れていって、皇帝陛下」

「うむ！　一緒に行こう！」

俺が行くと言うと、皇帝は一変、ものすごく大喜びしたのだった。

☆

街道は、ものすごい行列になった。

総勢一〇〇〇人以上、長さでいうと数キロに及ぶものすごい行列が街道を進んでいた。

その行列の中程で、俺は一人で馬車に乗っていて、皇帝の避暑地に向かっていた。

ちなみに、皇帝の馬車は後方約一キロのところにある。

俺は乗ってる馬車の乗り心地に、舌を巻いた。

いや、馬車じゃないな。

これは——道のおかげだ。

馬車の小窓から、外を見た。

舗装(ほそう)されている道路はものすごく綺麗(きれい)だった。

その道路のおかげで、俺はさっきからまったく震動を感じない快適な馬車の旅を楽しめている。

皇帝の避暑地に続く街道、そこはすごく整備されていた。

馬車に乗っても揺れない道なんて、生まれて初めてかもしれない。

「だからかあ……ヤンたちが必死に俺を止めようとしたのは」

行ったことがないから推測になるけど、皇帝が俺に会いに来る道も、こんな風に整備されてるんだろうな。

皇帝の財布——つまり国庫から出た金で整備された街道に、きっと商人たちはものすごく恩恵を受けていると思った。

この揺れなさ加減が強く思わせた。

そりゃ……屋敷の一つや二つ、全部持ちで改築してくれる話にもなる。

意外なところで、俺はヤンたちの行動に納得していた。

☆

浜辺から、俺は海の反対側を見つめていた。

海は変わらない。

海は海で、すごい存在なのだが、俺の記憶の中にある海となんら変わりはない。

一緒に来たエヴァが海を見た瞬間、大はしゃぎで飛び込んだが、俺はそこまで興奮してなかった。

そんなことよりも、海の反対側にあるものがすごかった。

「どうしたのだ、マテオ。何を驚いている？」

皇帝がやってきて、聞いてきた。

皇帝の背後には使用人たちやら兵士たちやらが大勢控えている。

俺と話したいから、一応は遠ざけてるみたいだけど。

「陛下……」

「どうした」

「これ……街、だよね」

「いや、余の離宮だ」

「でも街みたいだよ」

そう言って改めてそっちを見た。

そう、街だ。

完全に街だ。

俺は別荘みたいなのを想像してた。

ものすごいでっかい屋敷、とかそういうのだ。

しかしそこにあるのは違う。

完全に街そのものだ。

「うむ、機能面でいえば、街に近いのかもしれんな。何せ皇帝たる余が一夏過ごすのだ。一夏ともなれば旅ではなく日常となる。そうなれば日常を世話する使用人たちだけでも数百人はいる」

「そんなに」

「それと余を守る兵士、これは千人くらいはいる。兵士の日常を支える宿や飲食店。兵士ともなれば娼館もいる、これでさらに数百」

「おぉー……」

「最後に政務を滞りなくするための役人、政令を最速で届けるための早馬関連、ここも百人単位。全部合わせればこれだけでも二千から三千人くらいはいる」

「そっか、普通にしてても一つの街くらいにはなるんだ」

「そういうことだ」

ちょっと甘く見てた。

本にはこんなことは書いてなかった。

皇帝の避暑——プライベートそのもののことだから、それについて書かれている本がないのは当たり前なのかもしれない。

だから離宮を初めて見た俺は驚いていた。

しばらく驚いていたが、皇帝の御前だし、このまま驚きっぱなしなのも失礼だと思い、取り繕った。

「そういえば……陛下は厚着なんだね」

「え？　う、うむ」

　皇帝はなぜかちょっと焦った。

　避暑地に来た――つまり暑さから逃れるためだ。

　避暑地でも、夏なのだからそれなりに気温は高いのにもかかわらず、皇帝は厚着をしていた。

　体形がほとんど分からないような。

　それくらいの厚着をしている。

　それを指摘すると、皇帝はなぜかちょっと焦りながら、咳払い(せきばらい)を一つ。

「け、権威というのはほとんどが服に依存している」

「服に？」

「うむ。この皇帝服を脱ぎ捨ててしまえば、余でもお忍びで街に出かけられる。それくらい、皇帝の権威は服に依存しているものだ」

「なるほど」

　言われて見ればそうかもしれない。

「貴族もそうだもんね」

「うむ、その通りだ。だから皆ちゃんとした服装や、場合によっては受けた勲章などをじゃらじゃらとつけていく」

「そっか……暑いのに大変だね」

「まあ、慣れたさ」

「でもよかった」

「よかったとは？」

「陛下が権威を脱ぎ捨てたら、抑えてた美しさが出過ぎちゃって、困っちゃうかも」

「――っ！」

皇帝はびっくりした。

息を呑んだのがわかった。

落ち着いてきたのが、また慌てだした様子だ。

それだけじゃない。

――キュン。

と、変な音も聞こえてきた。

「大丈夫、陛下？」

「う、うむ……」

「顔がさっきよりも赤いよ？」

「だ、大丈夫だ。暑いのだ」

「そうみたいだね」

そりゃそうだ。

あんな厚着をしてたらそりゃ暑い。

曇ってなくて、日が燦々（さんさん）と照りっぱなしだから、暑さはうなぎ登りだ。

普通ならここで「海に入ってみるか」と提案してるところだが、皇帝は人前で権威（ふく）を脱ぎ捨てることもできないもんな。

いやはや、大変だ。

「みゅー」

そうこうしているうちに、エヴァが泳いで戻ってきた。

波打ち際まで来ると、海から飛び出して、そのまままた海に落下した。

パシャーン、と、水しぶきが飛んでくる。

水しぶきが俺と皇帝にかかりそうになる。

「ひゃっ！」

皇帝が小さく悲鳴を上げた。

俺は魔法を使った。

オノドリムの一件で魔力を変換する必要がなくなって、前の半分以下の時間で魔法を使えた。

氷の魔法。

かかってきた水しぶきが、空中で凍って止まった。

俺と皇帝には一滴もかからなかった。

それでも一応聞いてみる。

「陛下、大丈夫？」

「う、うむ。助かったぞ、マテオ」

「よかった。権威濡れちゃったら大変だもんね」

「……それだけじゃないのよ」

「え？」

「いいや、なんでもない」

皇帝はふっと笑った。

なぜだろう、一瞬だけ皇帝が女の子に見えた。

俺は苦笑いした。

俺の目節穴すぎるな。

「うむ、改めて礼を言おう、マテオよ。そなたのおかげで助かったぞ。さすがは余の騎士だ」

「お役に立てて嬉しいよ」

「後で褒美を届けさせよう」

「い、いいよ、たいしたことじゃないから」

「させてくれ、大勢に見られているのだ。信賞必罰は名君の基本だ。余を名君にさせてくれ？」

皇帝はふっと笑った。

あっ……。

皇帝の背後にいる使用人たちやら兵士たちやらが舌を巻いているのが見えた。

「今の魔法……？」

「魔法ってあんな一瞬で使えるの？」

「さすが陛下の『空の王』だ」

と、色々言ってた。

な、なるほど。

こうなると、皇帝が何もしないというのはよくないのか。

「わかった。ありがたく頂戴(ちょうだい)するね」

「うむ。ではまたな」

皇帝は、ものすごく上機嫌な感じで立ち去った。

この後、俺の宿泊先に、金貨でのご褒美が届いたのだった。

空輸

海辺はものすごく賑やかだった。

砂浜に豪奢な天幕が張られてて、その天幕の中に皇帝がいる。

皇帝の前には様々なごちそうが並べられていて、皇帝は気が向いたときだけ何切れか摘まむ、という贅の極みを満喫するという感じだ。

その皇帝の天幕の中で、唯一、使用人以外で俺だけが同席を許されていた。

ちなみにエヴァは天幕のすぐ外で、気持ちよさそうに日光浴している。

「どうしたマテオ、食が進んでいないようだが」

「そんなことないよ、お腹いっぱい？」

「遠慮することはないのだぞ？」

「大丈夫、本当に遠慮してない」

「そうか？　……そうか、料理が冷めているからなのだな？　待っていろ、すぐに温め直させる」

「大丈夫だから、陛下！」

俺は皇帝を慌てて止めた。

「本当に、本当にお腹いっぱいだから。陛下って、おゝいゝちゃゝんおゝばゝあちゃゝんと似てるね」

「むっ？　ローレンス卿にか？」

「ううん、世の中のおじいちゃんおばあちゃんって意味。お腹いっぱいなのに、どんどん食べてっていうの」

「そういうものなのか？　庶民の祖父母というのは」

不思議がる皇帝。

ああそうか、皇帝ともなれば、そういう「団らん系」の話とは無縁なのか。

よく考えればそうなんだろうな、と俺は納得する。

「うん、おじいちゃんおばあちゃんってみんなそう。その上、お土産とか持たせてくるんだ」

「はは、なるほど。ま、まあ？　余からすれば、マテオも孫のようなものだからな」

「え？　どういうこと？」

「ローレンス卿の身内なのだろう？　ローレンス卿は余の家臣だから地位が一ランク下、その身内なら余から見れば二ランク下ということになる」

「あはは、本当だ。そういう見方をしたら、おじいちゃんから見た孫も二つ下ってなるね」

「うむ。家臣を甘やかすわけにはいかぬが、家臣の子とかならよかろう」

「それも孫と同じだね」

「であろう？　だから余がマテオを祖父母と同じレベルで甘やかすのは当然のことよ」

皇帝は満足げに持論を展開した。

俺は突っ込まなかった。

俺も、実際は家臣なんだけどな。

竜の騎士、空の王。

そんな感じで、皇帝から直々に叙勲を受けている家臣なのだ。

そうは思ったが、あえて言うこともないだろう。

皇帝といっても、まだ二十歳前の若者。

それが夏の避暑地で、政務の合間に遊楽を決め込んでいる最中だ。

中身おっさんの俺からすれば、わざわざ水を差すこともない。

そんな中、一人の男が入ってきて、皇帝のそばに跪き、耳打ちした。

「うむ、始めよ」

男が退出していった。

「なにが始まるの？　陛下」

「見ていれば分かる」

皇帝はふっと笑った。

しばらくして、十人くらいの女が現れた。

女たちはみな水着姿だ。

皇帝の妃たちか？　と思ったが、天幕に入ってくることなく、全員が波打ち際に行って、水かけして遊び始めた。

「あれってなに？」

「余が自ら海に入るわけにはいかぬからな」

皇帝はふっと笑った。

「ああやって、余の代理として水遊びをしてもらってる。それを見て涼をとるのだ」

「へえ、そういうのもあるんだ？」

「皇帝が自らすることはほとんどない、大抵は名代を立ててやらせるものだ」

「そうなんだね」

それはどういう人生なんだろうな、とちょっと思ったけど、世界が違いすぎて想像してみてもピンとはこなかった。

俺はしばらく皇帝と一緒に水着の女たちを眺めた。

女たちは様々な水着を纏(まと)っている。

健康的なものから、きわどいものまで。

まるで水着の展覧会か、というくらい多種多様だ。

　しかし、水着の種類は多いが。

「女の人たち、皆似てるね」

「え？　そ、そうか？」

「うん。似てる。誰かに似てるって気がするけど……だれなんだろう」

　俺は首を傾げつつ、女たちを見た。

　喉まで出かかっているのを考える。

　すると。

「……あっ」

「な、なんだ？」

「陛下と似てる……のかも」

「――っ！」

「あはは、ごめんなさい陛下。これは失礼だったね」

「い、いや」

　皇帝はなぜか顔を赤らめて、ごほん、と咳払いをした。

「よくぞ見抜いたな、マテオよ」

「え？」

「余の名代なのだ、当然ある程度『雰囲気』が似ている者を選ぶ」

「そっか、なるほど」

そういうことだったのか。

皇帝はなぜか大声で「雰囲気」って強調したが、俺は顔とかが似ていると思った。

「……自分が着て見せるわけにはいかないじゃない」

「え？　今何か言った？」

「いや、なんでもない」

「そっか。でもやっぱり、陛下の方が綺麗だね」

「――っ！」

「さすが陛下、女の人たちよりも綺麗なんてすごいよ」

俺は素直にそう思った。

会うたびに思うこと。

皇帝は美しい。

男にしておくのがもったいないくらい美しい人だ。

男でこれなら、女に生まれていれば稀世の美女だったろうな、と思う。

「そ、それよりもマテオ。もっと食べろ」

「えええ!?　だ、だからもう食べられないよ」

「そ、そうか？　だったら何か食べたいものがあれば言うといい。目の前のものに固執する必要はないのだぞ」

皇帝はまた俺にメシを勧めてきた。

やっぱり、ジジババの溺愛と似てるな、皇帝。

なんかちょっと話を逸らされたような気もするけど……気のせいだろ。

そうやって、皇帝と水着の美女を眺めながら納涼した。

マテオは六歳だが、俺の中身はいい大人だ。というかおっさんだ。

水着の美女は普通に眼福。

眺めてるだけでも結構幸せになれる光景だ。

そうして眺めていると、ふと。

「何をする！」

「ここをどこだと心得るか！」

天幕の外がにわかに騒がしくなった。

「どうしたんだろう」

「さあな」

さらにしばらくすると、男が二人入ってきた。

一人は帝都からここまでついてきた大臣で、もう一人は汗だくで、ぼろぼろな格好をした若者だ。

二人は皇帝の前に跪く。

「どうした」

「報告を」

大臣が若者を促す。

「は、はい！　ご報告申し上げます！　ククル＝ルークにて反乱が発生。クラオカ将軍以下二〇〇〇〇人が戦死！」

「……」

瞬間、場が静まりかえった。

皇帝や大臣、まわりの使用人たち。

外で水遊びしてきゃいきゃいしていた水着の美女たちまでもが、空気を察して静かになった。

「……ベルンハルト」

「はっ」

大臣が応じて、跪いたまま顔をあげた。

「明朝に評定を開く。それまでに対案を出すように通達せよ」

「ははっ！」

明朝？

「あの……陛下？」

「なんだ」

皇帝がこっちを向いた。

普段とは違う、真面目な顔だ。

「どうして明日の朝なの？　すごい大事だよね、今すぐにした方がいいんじゃないかな」

「よいのだ。ククル＝ルークは遠く離れた辺境の地。そこのお前、ここまで来るのに何日かかった」

「も、申し訳ありません。早馬を乗り継いだのですが、四日かかってしまいました」

伝令の若者が平伏して答える。

「そういうことだ。敗北は既に四日前のこと。伝令も最短で一往復に七日はかかる。現地の敵味方もそれを念頭に動く。もう一度言うが、大事だが、既に緊急ではない。だから余は皆に時間を与えた、より最善の策を出す時間をな」

「……ねえ陛下、これならどうかな」

俺は立ち上がった。

衆目の中、天幕を出て、寝そべっているエヴァに手を触れた。

魔力を注いで、エヴァを巨大なレッドドラゴンに戻す。

そして、皇帝に振り向く。

「早馬で四日でも、僕なら一時間以内で届けることができる」

「――っ！　ベルンハルト！　今すぐに皆を集めろ！」

「は、はい!!!」

大臣は慌てて天幕から飛び出した。

俺にできるのはここまでだ。

ここから先は軍事的な、専門的な話になる、俺の出番はない。

俺ができるのは、早馬四日の距離を一時間に縮めることだ。

だから、俺はじっと出番を待つことにした。

「誰か、その若者とマテオ卿に褒美を。若者には金貨一〇枚、マテオ卿には五〇〇枚だ」

「陛下？」

「よくやった、退がって休むといい」

皇帝は真剣な面持ちで若者に言った、若者はほとんど平伏したままの格好で天幕から出ていった。

そして皇帝は、俺の方を向く。

俺に対しても、普段とは違うものすごい真剣な顔のままだ。

「辞退するな、受け取れ。常識を覆すほどの速さで行ってくれるのだ。五〇〇枚でも安いくらいだ」

「常識を覆す……」

「ああ」

皇帝は真顔のまま、はっきりと頷いた。

「軍事の常識が覆るぞ」

と、言ったのだった。

36 愛娘の進化

数日後、海の離宮。

避暑地であっても、時には謁見の必要があるために建てられた宮殿の中、謁見の間。

そこで、俺への論功行賞が行われていた。

皇帝がいて、避暑地までついてきた諸大臣らがいて、俺とエヴァがいる。

「今回の反乱をわずか三日で鎮圧ができたのは、ひとえにマテオ卿の功績によるものだと余は思うが、異論のあるものは」

玉座に座る皇帝はそう言い、諸大臣らを睥睨した。

誰一人として、異論を唱える者はいなかった。

そんな中、ベルンハルトが一歩進み出て、皇帝の問いかけに返答した。

「この度のロックウェル殿の働きは、誰もが理解できるものだが、他の誰もが実現はできないもの。唯一無二の功績を挙げられたことを称えて、戦功第一と数えるべきかと」

「うむ、よくぞ言ったベルンハルト。余もそう考える」

ベルンハルトの言葉を、皇帝が追認した。

すると、同席した他の大臣らが次々と俺を称えだした。

「さすが『空の王』ですな」

「戦いの常識が変わりますな」

「時代までは変わりますまい、何しろロックウェル殿にしかそれができぬのだから」

皇帝とベルンハルト、実力者二人が話の方向性を決めた後に、それに乗っかって俺を称えだした場の空気。

ベルンハルト以外は全員風見鶏(かざみどり)っぽい感じを受けた。

「さて、そうなるとどのような褒賞を与えるべきかだが……実は既に考えてある」

「どのようなものでございましょう」

ベルンハルトが聞き返した。

「現在、帝国には第一から第四軍、そして親衛軍の五つの軍があったな」

「はっ」

「そこで第六の軍、空軍を設立しようと思う」

「くう、ぐん……？」

ベルンハルトが首を傾(かし)げた。

まわりの大臣らもざわざわしだした。

俺も不思議に思った。

くうぐんって、なんだ？

初めて聞く言葉だ。

そんな俺たちの戸惑いを見て、皇帝は得意げな表情を浮かべた。

「文字通り空の軍とかいて、空軍だ。将軍は無論マテオ卿。当然だろう？　マテオ卿以外空を制する者はいないのだから」

そこで一旦言葉を切って、俺の方を向く皇帝。

「どうだマテオ卿、引き受けてくれるか？」

「えっと……うん、分かった」

俺は少し考えて、引き受けることにした。

今更断るほどのことじゃないと思ったからだ。

既に俺は「竜の騎士」で、「空の王」になってる。

今さら空の軍の将軍になったとしても、肩書きが増える程度のことでしかない。

だから引き受けるといった。

なの、だが——。

「恐れながら申し上げます、陛下。軍となれば、その規模は——」

「他の軍の定数に準拠する」

皇帝がいうと、謁見の間が爆発的にざわついた。

なんだ？　なんだこれは。

規模になんか問題があるのか？

他の軍と同じってことなんだろう？　だったらなんの問題もないんじゃないのか？

「他の軍に準拠するとおっしゃいましたが陛下、現在最少なのは親衛軍の一〇〇〇〇名。その予算は年間にして金貨三七〇〇枚」

へえ。

軍ってそんなに金がかかるのか。

などと、俺は新たに得た知識を呑気に感心してたが。

「それと同程度の予算を空軍に使うとおっしゃるのでしょうか」

「え？」

「うむ、そのつもりだ」

「えええええ!?」

俺は盛大に驚いた。

俺にそんな大金を？

いやいや、俺じゃない、軍にってことだ。

俺が自由に使えるお金じゃない。

軍だから、兵士たちへの給料とか、普段の食事とか住む場所とか、色々経費とか。

そういうのに使うお金だ。

だから――

「空を翔ることが可能なのはマクスウェル殿だけですぞ。一人にそれほどの予算を使われるおつもりですか？」

あっ……。

そうだった。

空を自由に飛べるのは俺とエヴァだけだ。

空軍を設立するといっても、他の者たちを空まで連れていけるというわけではない。

俺に……金貨三七〇〇枚も？

しかも予算だから、それ、毎年ってことじゃないか。

予想以上にすごい話だった。

「そのような話、前代未聞です」

「何事も最初は前代未聞だ」

「しかし、いくらなんでも」

「余は、安い買い物だと思っている」

「むっ」

「空を制したマテオ卿。今回の反乱を、他のどの軍がこれほどの早さで鎮圧に導けた？」

「そ、それは……」

「今度もだ。マテオ卿がいる限り、帝国に辺境なるものは存在しないと言っていい」

「む、むむむ……」

「それを鑑みれば、安い買い物だとは思わぬか？」

皇帝が次々と理由を並べて、ベルンハルトを追い込んでいく。

「そ、そうだとしても――今回の功績、そしてこれからのことを考えれば、それはあくまで通信と輸送の域。軍ではなく隊の話であるかと」

「確かにその通りだ」

「はっ、だから――」

「だが、お前はまだ勘違いしている」

「むむっ？」

皇帝は真顔で、笑っていない目でベルンハルトを見た。

「帝国のあらゆることは皇帝の一存で決めてよい。そして今の皇帝は余だ」

「むむむ……」

今までで一番やり込められた、って感じの反応をするベルンハルト。

それでいいのか？

ベルンハルトはやり込められた。

皇帝のごり押しで。

しかしごり押しであったがために、場の空気はものすごく微妙なものになった。

このままじゃよくない。

なんとかしないと。

ここは俺が辞退した方がまるく収まるはず。

そう思って――。

「みゅー」

エヴァが俺の足元で鳴いた。

微妙な空気で静まりかえっていた分、エヴァの鳴き声はものすごく目立った。

全員がこっちを見た。

「エヴァ？」

「みゅみゅ」

「大きくして？　なんでいま――」

「みゅっ！」

エヴァが珍しく、「いいから早く」って感じでねだってきた。

俺は皇帝の方を向いた。

「あの、陛下。エヴァがなんか言いたげなんだけど、いいかな」

「差し許す」

皇帝からの許可が出た。

俺はしゃがんで、エヴァに触れて魔力をそそぐ。

エヴァは元の姿に戻った。

『我が名は』

「え？」

驚く俺。

エヴァはさらに続く。

『レッドドラゴン・エヴァンジェリン。偉大なる父マテオの子にして空を翔る者』

エヴァが……喋った？

まわりがざわつく。

この喋りが、まわりにも聞こえてるみたいだ。

「喋るようになったの？　エヴァ」

『偉大なる父マテオよ。父マテオの魔力がさらに強まり、我をさらに成長せしめたのだ』

「そうなの⁉」

俺は驚いた。

『大地の精霊の力、そして人間どもが使った魔力の再利用。それらの魔力が、父マテオを更なる上のステージへと押し上げた』

「あー……なるほど」

納得した。

俺だけじゃなくて、大地の力も入ってるからってわけか。

そりゃ……強くもなる。

『故に、我はようやく、真なる力を取り戻した』

「真なる力？」

次の瞬間、まわりの景色が一変した。

明るさが変わったのだ。

それまでは昼間の、窓から射しこまれる日光で普通に明るかったのが、一瞬にして光が赤光になり、まわりは赤く、暗くなった。

「な、なんだこれは」

「外を見ろ！」

「た、太陽が――赤く……」

大臣らはざわつきだした。

窓から外を見た者たちが一様に驚愕（きょうがく）している。

『これが、我がレッドドラゴンと呼ばれるゆえん。真なる姿に顕現せしめた時、太陽の力を食らい、このような色にしてしまうのだ』

「な、なんと……」

「バケモノ……」

「おい！　それは失礼だぞ‼」

大臣らはざわつく。

青ざめる者も少なくない。

『ベルンハルトといったな』

「な、なんだ」

『今後は偉大なる父マテオを見下し、愚弄するような発言は一切許さぬ。我がその気になれば、人間の国など三日で平らにできることを忘れるな』

「うっ……」

あっ、それは「エヴァンジェリン」の方の話だな。

竜王エヴァンジェリン。

まだ邪竜王と呼ばれていたころ、三日で当時の地上を総べていた帝国を滅ぼした話。

俺が本で読んでるくらいだ、ベルンハルトも知ってるんだな。

『父マテオよ、今少し父の力をいただけないだろうか』

「魔力ってこと？　いいけど、どうするの？」

『人間は「軍」の形を欲しがっているようなので』

「……？　よく分からないけど、はい」

俺はエヴァに触れて、魔力をそそいだ。

その魔力を使って、エヴァが魔法を使う。

しばらくして、窓の外から何かが降ってきたのが見えた。

ドスンドスンドスン、と大きな音を立てて外に落ちた。

「なにがあった？」

「ド、ドラゴンです。ドラゴンが一〇〇頭近く！」

誰かが悲鳴のように叫んだ。

俺も窓から外を見た。

エヴァより二回りは小さいが、それでも人間は楽に乗せて飛べるドラゴンが、軽く一〇〇頭は庭に着陸して、大人しくしていた。

『あれが、我が統率できるトカゲどもだ。人間は確か亜竜（ありゅう）とかよんでいたな』

「あ、あれが……」

『偉大なる父マテオの力を我が行使すれば、この世のすべての亜竜は父の前に跪（ひざまず）く。これでも軍としては不足か？』

「「「……」」」

大臣らはポカーンとした。

話の規模の大きさに言葉を失った。

「これで、文句はないな、ベルンハルト卿よ」

「は、ははー」

力を見せつけたおかげで。

大臣たちの抗議は、一瞬にして跡形もなく吹き飛んだのだった。

人魚姫太郎

話が終わって、俺はエヴァとともに謁見(えっけん)の間から外に出た。

最後まで威厳を保って去った方がいい、ということで、俺はエヴァに乗って外に出た。

皇帝と大臣らに見送られる中、ゆっくりと空を飛ぶ俺たち。

とりあえずは——。

「すごいな、エヴァは」

『本当に⁉』

「ん?」

なんだ? 今の返事は。

『やったー、パパに褒められた』

「エ、エヴァ?」

『どうしたの、パパ』

「その口調は……?」

『あっ、これ？　もう他の人もいないし、いいよねパパ』

エヴァはさっきまでの威厳たっぷりな声色と違って、十二歳くらいの活発な女の子のような口調になった。

そのくせ姿はレッドドラゴン――しかも太陽は赤くくすんだままだ。

凄まじいギャップに俺は困惑した。

「いいけど……そういう話し方だったのか、エヴァは」

『パパの前だけだから』

「それにしてもパパか……」

『あたしはパパの娘だから』

何かを先回りするかのように言ってくるエヴァ。

「うん、それは分かってるよ」

卵から孵った直後に見たの俺だし、さっきも延々と「偉大なる父マテオよ」とか言ってたし。

今更エヴァの父親、ということに異論とかそういうのを唱えるつもりはない。

『よかった。パパ、僕はまだ六歳だから、って言い出すのかと思ってたから』

「……ああ」

エヴァに言われるまで、それはまったく頭になかった。

人目があるときはそういう風に振る舞うけど、俺は心の底から本当に六歳児だとは思っていない。

　普通に中身は中年のおっさんだ。

　六歳だからパパは……というのは、言われるまで意識になかった。

　むしろあったのは――。

「エヴァが『パパ』って呼ぶ性格だったってことだよ」

『パパはパパだから。それともお父様って呼んだ方がいいかな』

「いやパパでいいよ」

『うん、分かった、パパ。あっ、人前の時はさっきみたいな呼び方をするね』

「別にそれはいいのに」

『だめ、人間がパパ舐めるから。本当はあの皇帝以外皆殺しにしちゃいたいくらい腹が立ったんだからね』

「それはやめてね、本当に」

　意外なところで危険なことになっていた。

　レッドドラゴンと人間の力の差を考えれば、「皆殺し」は決して脅しだけじゃない。

『わかってる。パパの命令がなかったらしないから。あっでも、パパに身の危険があったら遠慮なく殺っちゃうからね』

「そうだな、そういう場合は頼む」

俺だって死にたくはない。

転生して恵まれる人生になった今となっては、特に死にたくはない。

命の危険を助けてくれるというのならありがたい。

世間話しつつ、エヴァは砂浜に着陸した。

俺はエヴァの背中から飛び降りた。

エヴァはレッドドラゴンの姿から、元のチビドラゴンの姿に戻った。

同時に、太陽も元に戻った。

「みゅー」

「あっ、この姿だと喋れないのか」

「みゅみゅっ！」

「僕の力がもう一段階進化すれば……そっか、分かった」

この姿でも喋れるようにできればいいな。

さて、これからどうするか。

皇帝はもうしばらく大臣らと色々反乱の後処理で忙しいから、こっちはこっちで適当に遊んでるか。

せっかくの海だし、満喫しなきゃもったいない――。

「あれ？」

「みゅ？」

「あそこ……むっ！」

俺はかけ出した。

砂浜の先に見つけたものに向かった。

砂浜に、一人の少女が倒れていた。

ウェーブのかかった長い髪が広がって、うつ伏せに倒れている。

行き倒れっぽい感じで、なぜか裸足になっていて、足裏には砂がべっとりついている。

「お姉さん！　大丈夫？　お姉さん！」

俺は彼女の肩をゆすって、呼びかけた。

しかしいくら呼びかけても反応はない。

「みゅっ！」

「毒？　毒が回ってるっていうの？」

「みゅみゅっ！」

少女のそばで、エヴァが小さな体を大きく動かして、頷いていた。

「回復魔法？　分かった」

エヴァのアドバイスに従うことにした。

さっきのレッドドラゴンの姿で大臣らを圧倒したところを見ると、エヴァは俺が知らないようなことを結構知ってるみたいだ。

知識が豊富ならそれに従おうと思った。

俺は少女に手をかざして、大地の白の魔力を引用して、自分の黒の魔力と合わせて、回復魔法を使った。

海辺だからか、大地の力は普段より弱いけど——。

「なんとか足りる！」

俺は回復魔法を発動させた。

癒やしの光が少女を包み込む。

「うぅ……」

「むむ」

かなりのケガみたいだ。

気分的には、風呂場の頑固な汚れを相手にしているみたいな感じがした。

だから魔力を上げた。

魔力を上げて、彼女のケガを治していく。

やがて——「頑固な汚れ」を彼女の体の中に感じて、そこにむかって回復魔法の魔力を集中させて、一気に直す。

光が収まった。

回復魔法は、対象の傷を治しきると自然と収まるようになってる。

これでもう大丈夫――。

「ふぇ⁉」

俺は驚いた。

なんと、倒れていた少女の足がなくなっていた。

何を言ってるのか分からないと自分でも突っ込みたくなった。

少女の足がなくなって、魚のひれのようになっていた。

上半身が少女で、下半身が魚。

これって……

「人魚？」

ちょっと前に本で読んだ知識が、頭に浮かびあがってきたのだった。

☆

「うぅ……」

「お姉さん、大丈夫？」

「ここは……ええっ！」

少女——人魚は飛び上がった。

よかれと思って砂浜から波打ち際の海の中に戻してやったから、飛び上がったときに水しぶきが飛んだ。

「なんだ……子供か。ってえええ!? しゃ、喋れる!?」

人魚は自分の喉をつかんで、感触を確かめた。

「ってひれも戻ってる!? どういうこと、これ」

「お姉さんの体内に毒が入ってたから、それを取ってみたんだけど、もう大丈夫？ 体に不調とかない？」

「毒……あっ」

人魚はハッとした。

そして俺を見た。

「君が助けてくれたの？」

「そうだね、そうなるね」

「……ありがとう!!」

しばらく俺をじっと見つめたあと、人魚はパッと抱きついてきた。

助けたことで感謝されるとは思っていたけど、ここまでの大きな反応は予想外だ。

「ちょ、ちょっとお姉さん、苦しい……」

「あっ、ごめんね！　あたし、嬉しくてつい」

人魚は俺を放した。

思いっきり抱きつかれて、それがちょっとした絞め技っぽくなったから、俺はちょっとだけ咳き込んだ。

「本当にありがとう、すごく助かった」

「ううん、もう大丈夫ならそれでいいよ」

「ねえ、お礼をさせて」

「お礼だなんてそんな、僕は当たり前のことをしただけだよ」

「お願い、させて。本当に助かったの、冗談とかじゃなくて」

人魚はものすごく真剣に言った。

切実感がすごかった。

「あのままだったら死んでたかも、死ななくても一生帰れなかったかもだし」

「帰れなかった……ひれが足になってたことと関係があるの？」

「そうなのよ！」

「そっか……」

それは……すごく助かったかもな。

なにがどうなってあんな風になったのかは知らないけど、ひれが足になった彼女は海の中に戻れなくなった、ってことかな。

「だから、ね、お礼をさせて」

「でも――」

「大丈夫ちゃんとするから、お母様みたいに変な悪戯仕込まないから」

「変な悪戯？　――わわ」

「行こう！」

人魚は俺の手を取って、抱っこしてきた。

そのまま海に飛び込んで泳ぎ出す。

「みゅー」

「大丈夫だから、エヴァはそこで待ってて」

「み、みゅっ！」

エヴァは俺に言われたとおり、追っかけては来ないで、浜辺で待機した。

次の瞬間、俺は人魚に抱っこされたまま海にもぐった。

「ちょ、ちょっとちょっと――」

「大丈夫、あたしが一緒だから、おぼれないよ」

「え？　あっ……海の中でも喋れる……」

すごく不思議な感覚だった。

完全に水の中に潜っている時と同じ感覚なのに、それなのに喋れるし息もできる。

完全に今まで感じたことのない感覚だ。

「そだ、まだ自己紹介してなかったね」

「え？　ああうん」

「あたしはサラ、人魚姫のサラだよ」

「僕はマテオ――って、人魚姫？」

「うん」

サラは俺を抱っこし、泳ぎながら大きく頷いた。

「お母様が海の女王なんだ」

「……」

俺はぽかーんとなって。

そしてちょっと悪い予感がした。

命を助けた少女が、実は下半身が魚の人魚姫だった。

どこかで聞いたような――経験したような話じゃないか、これ。

38 女王の蘇生

「に、人魚姫がなんで地上に？　それもあんな姿で行き倒れてたの？」

「人間の王子が見たかったの」

「王子？」

「そっ。あたしね、みんなから一番可愛いっていわれてるの。人魚の中で一番可愛いって。なぜならあたしは姫だから」

「えっと……」

どう相づち打つべきかを迷った。

サラは可愛い、それは間違いない。

でも、彼女は姫だ。

まわり、っていうのはきっと使用人とか家来とか、そういうのだろう。

そういうまわりの者からいわれる「一番可愛い」っていうのは間違いなくお世辞が入ってる。

お世辞な話にどう相づち打てばいいのかを迷った。

幸い、話はすぐに次に移った。

「でね、あたし思ったの。姫のあたしが海で一番可愛いなら、人間の王子は地上で一番かっこいいんじゃないかって」

「あ、なるほど」

「それで見たくなったの。でもあたしたちは陸に上がれないし、上がってもこのひれを見られると騒ぎになるじゃない？　だからマーメイジに頼んで、人間にしてもらったの」

「それであの姿に」

「うん。でもマーメイジのヤツに騙されたの」

「騙された？」

「人間の姿にしてもらったのはいいけど、声は出なくなるわ歩くだけで足は痛いわ、挙げ句の果てに日に日に体は衰弱していくわで、さんざん！」

「そっか、それで行き倒れてたんだね」

「そういうこと」

話が大体分かった。

「それで一年くらい海の近くでさまよってたんだけど。マテオに会えて助かったよ」

「……ねえ、そのマーメイジって何者？」

俺はそこが引っかかった。

サラは吐き出して怒りが収まったようだけど、俺はそこが気になった。

違うのならそれでいい。とりあえず聞くことにした。

「え？　なんだろう……人間でいうと、大臣？」

「大臣」

「そう、お母様の一番の家来」

「……」

いくつか考えが浮かんでは消えた。

そのいくつかがさらに結びついて、ある想像が頭の中で固まってしまう。

たくさんの本を読んできたから、思い浮かべてしまった想像。

「ねえサラさん」

「なに？」

「もしかして、人間の王子は、っていう話、その家来から言われて気づいたことなんじゃない？」

「よく知ってるね」

「……もしかして、サラさんって一人娘とか？」

「そうだよ。だからお母様すっごい喜ぶと思うよ。あたしのこと可愛がってるから、あたしを助けたマテオにすっごい感謝すると思う」

「……」

なんか……ほぼほぼ決まりだ。

状況証拠にすぎないが、ここまで来れば確定のように俺は思う。

「サラさん、急いで」

「え？　何どうしたの、いきなり真剣な顔になって。声もなんか変わってるよ？」

「いいから、急いで。もしかしたらお母さんが危ない」

「え？」

「急いで！」

俺は強めに言った。

サラは戸惑いつつも。

「う、うん。分かった」

頷くと、速度をあげて、さらに海の底に潜っていった。

数分後、海の底についた。

海の底に宮殿があった。

サラは俺を背負ったまま宮殿の門の前に「着陸」した。

「姫様⁉」

「も、戻られたんですか⁉」

宮殿の門番をしてる二人の人魚。

二人はサラを見て驚いた。

「ただいま。お母様に報告してきて、あたし、大事な人を――」

「早くお入りください！」

「今なら、今ならまだ間に合うかもしれません！」

門番二人、のんきなサラの言葉を遮りながら言った。

くっ、最悪の展開だ。

「サラさん、行くよ」

「え？　う、うん」

「待て！　人間は入るな」

「ここは海の一族の聖域」

門番は俺を止めた。

「……どいて！　この人はあたしのお客様なの」

「さ、サラ様」

門番はたじろいだ。

表情が変わったサラ、俺を見つめる。

「お母様のところに行けばいいのね」

「ああ」

「わかった！」

サラは再び俺を背負った。

門番が慌てて開けた門の中に入った。

宮殿に入る、一直線に目的地にむかう。

迷いのない道筋だ。

途中で何十人もの人魚と出会い。

「姫様！」

「今までどこに！」

「その人間の子供は⁉」

俺たちを見て驚いたが、全員スルーして、とにかく進んだ。

やがて、一際豪華な扉の前にやってきた。

そこにも門番はいたが。

「姫様⁉」

「通して！」

「は、はい‼」

門番は慌てて扉を開けた。

サラはノンストップで中に入った。

中は寝室だった。

巨大な寝室、巨大なベッド。

そして人間の数倍はある人魚が、ベッドの上で横たわっていた。

人魚と人間は違う種族――それを差し引いても、人間の俺からでも分かるくらい人魚の顔色は悪かった。

そして――。

「お母様!?」

サラは人魚に飛びついた。

この人魚が彼女の母、海の女王らしい。

「お母様!? お母様!! 起きて、お母様!!」

すがりつくサラ、小さな体で母親をゆする。

しかし、無情にも。

そばにいる別の人魚が。

「……一足遅かったです、サラ様。女王陛下は、もう」

「……うわあああああん!!!」

一瞬の戸惑い。

それを経てようやく言葉と状況を理解したサラは、母親の亡骸(なきがら)にすがって大泣きした。

数分間大泣きした後、サラは母親の亡骸から下りた。

「サラ様」

「大丈夫」

まわりの人間が駆け寄ったが、サラは手を上げて止めた。

そして、こっちに向かってきた。

「ごめんね、みっともないところを見せちゃって」

「ううん、それよりもお母さんは――」

「大丈夫、お母様なら。きっといつまでもこの海で私たちを見守り続けてくれるから」

「この海で？」

「うん。魂になっても、きっとこの海で」

それは、普通に聞けば感傷的な言葉だった。

状況によっては感動的といってもいい。

だが。

「ねえサラさん、それって本当？」

「本当って、何が？」

「魂になってもずっとこの海で見守ってるって」

「う、うん。そうだよねルル」

サラは振り向いて、さっきの門番をしていた人魚に確認した。

「はい。我ら海のものは地上の生き物と違い。死んだ後も魂は海にとどまり続けます。母なる海が全てを包み込んでくださいます」

「……サラさん、そこをどいて」

「え？　な、なに？」

「いいから、時間がもったいない」

「う、うん」

俺の気迫に押されて、サラはのいた。

俺は女王に近づいた。

顔色が悪いように見えたのは、亡くなったから。

近づくとさらによく分かる。

本人に気づかれないように飲ませ続けて、慢性化した毒が原因による毒殺だ、これは。

いや、それはいい。

今はいい。

俺は魔力を高めた。

自分の全魔力をそそいだ。

足りない分は、海からもらった。

魔力のゴミ、それを再利用。

そして——全魔力の二〇〇%をかき集めて、術式を起動——。

「レイズデッド‼」

魔法陣が広がって、女王を包み込んだ。

「な、なにごと⁉」

「いけません！　女王の亡骸を冒瀆（ぼうとく）しては！」

俺を止める声もあったが、無視する。

そのまま、女王にレイズデッドをかけ続ける。

すると——。

「……ここは？」

「お母様！」

目を開けて、言葉を口にした女王に、サラは飛びついた。

「サラ？　戻ってきたの、サラ⁉」

母娘は感動の再会をした。

抱き合って、サラは大粒の涙を流した。

「お母様！　お母様‼　お母様!!!」

亡くなった母親の蘇生（そせい）、それが分かっているからこそサラはものすごく喜んだ。

対照的なのは女王で、たぶん自分が死んで生き返ったとは理解してなくて、こっちは純粋に「サラが戻ってきた」ことを喜んでいる。

こっちはこれでいい、後は——。

「ちっ……」

扉の外で、一人の人魚が舌打ちをした。

感動の再会で、誰も気にしてなかったが、「その可能性」を最初から頭に入れてここにやってきた俺は見逃さなかった。

さて、マーメイジだっけか。

こいつをどうしてくれよう……。

39 玉手箱オーバードライブ

抱き合って、再会をひとしきり喜び合った後。

ふと、サラが思い出したかのように、蘇生した母親である女王から離れて、マーメイジに向いた。

「ちょっと！　あんたどういうことよ！」

ここからサラのマーメイジへの糾弾が始まると分かった俺は、静かに離れて距離を取った。

「ひ、姫様。どういうこととは――」

「あたしにしたこと！　地上で喋れなくて、足も歩く度に痛くて大変だったんだからね」

「なんですって」

女王の形のよい眉はひくっ、と跳ね上がった。

「マーメイジ、あなた、サラが地上に行った手助けをしてたというの」

「そうだよお母様。マーメイジがひれを足にした方がいいって言ってやってくれたんだけど、それで喋れないわ痛いわ海に戻ってこられないわで、さんざん！」

「話が違うわよ、マーメイジ」

「そ、それは……」

たぶん本人も色々言い訳を考えてるんだろう。

だけど女王と、王女。

二人に糾弾されて何も言えなくなっていた。

サラがいなければ口八丁(くちはっちょう)で誤魔化(ごまか)せてたんだろうがな。

ダメ押し、しとくか。

「ねえ、女王様」

「この人間の子、何者?」

「彼はマテオ! あたしを元に戻してくれたのと、お母様を生き返らせてくれたのよ!」

「生きかえ……?」

「そんなことよりも、女王様の体内にも毒があったんだけど、心当たりがある?」

「毒?」

またまた、眉がビクッとなる女王。

「うん、慢性的に盛られて、心労のせいで体が徐々に弱っていく風に見える毒」

これは、推測だった。

毒が盛られてるのは分かる、しかしそれがどういう種類の毒なのかは分からない。

だが、この手の話は物語で良く読んでいる。

ゆっくりと、穏やかな乗っ取りをするときに使われる手だ。

その知識半分、実際に確認したもの半分。

それを合わせたものを、自信でコーディングして言い放った。

すると——。

「くっ！」

マーメイジは身を翻して逃げ出した。

女王の寝室の中を泳いで、出口にものすごい勢いで逃げていく。

「……きたか」

母娘の再会の時に離れた俺は、その進路上にいた。

逃げ出すと思って、ここを塞いでいた。

「子供が！　どけええ！」

マーメイジは鬼のような形相で突進してきた。

俺は剣を抜いた。

「そんなおもちゃ！」

マーメイジはさらに速度をあげて突っ込んできた。

おもちゃに見えるのは、刀身がなかったから。

オーバードライブ。

通常の刀身が溶けて、無形の刃になった。

すれ違いざま、俺は無形剣をふるった。

無造作に、袈裟懸けに斬った。

無形の刃故に、マーメイジは避けずに突進してきて――そして斬られる。

「がはっ……な、なぜ……」

斬られて、失速して、地面に頭から突っ込む。

「サラさん」

「え？　あっ、そ、そいつを捕まえて‼」

俺がマーメイドを斬った光景に戸惑うサラを気づかせて、マーメイジを捕縛させた。

とりあえず、一件落着ってところだ。

☆

宮殿の広間で、宴会が開かれていた。

唸るほどのごちそうがでてきて、人魚たちが踊り、歌い、俺を楽しませようとしている。

すごい光景だった。

きらびやかで、幻想的で、美しく。

それを俺だけのためにやってくれている。

ちょっとだけ、ふわっふわしてくるのを感じた。

「どう？　楽しい？　マテオ」

俺の横につきっきりでいてくれるサラが聞いてきた。

「うん、楽しいよ」

「よかった。人間って何をすれば嬉しいのかよく分からないけど、楽しんでもらえてよかった」

「いや、これなら大抵の人間は嬉しいよ」

こんなすごい大宴会。

自分一人のために開かれているという事実だけで、大抵の人間は嬉しくなっちゃうものだ。

「それならよかった。これまだまだ序の口だから、最後まで楽しんでってね」

「序の口？　どれくらいやるの、これ」

「三年くらいかな、みんなの喜び方を見ると」

「三年⁉」

驚きすぎて、悲鳴に近い声が出た。

「うん！　お母様は助かったし、あたしも助かったし。それでみんなが喜んでるでしょ。こんなに嬉しい時って、大体三年くらいぶっ通しでやるから」

「ちょっとちょっと、それはちょっと困るよ」

「え？　なんで」

「さ、さすがに三年もここにいられないよ。僕はやることやったし、陸の上で陛下が待ってるから、帰らなきゃ」

「そんな⁉」

今度はサラが悲鳴のような声を上げてしまった。

「帰っちゃうなんてやだよ！　ねえもっといて、うーんとサービスするから。ねっみんな」

「「「お願いします‼」」」

サラに振られて、踊っていた人魚も、演奏してた人魚も、料理を次々と運んでくる人魚も。

全員が俺に土下座(どげざ)っぽく頭を下げた。

っぽくっていうのは、人魚に足はないから、人間の土下座と違ったり、半分くらいの人魚は空中——じゃなくて水中に浮かんだまましてるからだ。

サラをはじめ、全員が俺を引き留めようとしてる。

ここまでの歓迎だと少し心が揺らぐ——が。

「やめなさい、サラ」

そこに、女王がやってきた。

広間にあっても、その巨体は大きく感じられた。

不思議な人だ。

人間の数倍はある巨体なのに、見た目はむしろ童顔で幼く見えるというギャップ。

人魚の女王ってこういうものなんだろうか。

などと、俺が思っていると。

「感謝の気持ちは大事ですが、それで恩人様の行動を制限してはただの押しつけにしかなりません」

「うぅ……」

「申し訳ありません、恩人様」

幼げな人魚の女王は、しずしずと俺に頭を下げてきた。

「娘にも悪気はないのです。責任は、娘に人間の時間感覚を教えなかった私にあります」

「ううん！　そんな頭をあげて！」

俺はちょっと慌てた。

女王にそんなことをされるとパニックになってしまう。

「気持ちは嬉しいから、本当」

「ありがとうございます。では、今日一日だけ、私たちの気持ちを受け取っていただけますか」

「うん、ありがたく」

感謝の宴（うたげ）が一日なら何も言うことはない。

純粋に受け取って、楽しめる。

俺は頷(うなず)いた。

「それよりも、その恩人様というのは……」

「いけなかったでしょうか」

女王は、少しシュンとなった。

「私の命の恩人でしたので、そう呼ばせていただければと思ったのですが……」

「むむっ……そ、そうだね」

こっちは、辞退できそうにないようだ。

レイズデッドでの蘇生(そせい)。

確かに命の恩人だけど、恥ずかしかった。

恥ずかしいけど……しょうがないか。

……まあ、いっか。

深く考えないで、この宴会を楽しもう。

☆

翌日、宮殿の外。

女王とサラ、そして大勢の人魚たちが俺を見送りにきた。

「本当にありがとうございます、恩人様」

女王がまた頭を下げた。

皇帝とは違って、人魚の女王はあまり偉ぶらないタイプみたいだ。

いや、そういう種族なんだろうなと思った。

女王が俺に感謝して、俺がフレンドリーに話してもまわりの人魚たちはそれを止めない。

これが地上、皇帝なら大臣の誰かが小言を言ってきてるところだ。

それがここではまったくない、そんな気配すらない。

国というよりは、でっかい家族的な雰囲気がある。

「恩人様、これを」

女王は人魚の一人から箱を受け取って、直々に俺に差し出した。

小さな宝石箱だった。

開けると、シンプルなデザインの指輪がある。

「これって、なに？」

「恩人様への贈り物です。是非、地上に戻ってからお開けください」

「わかった。ありがとう」

「じゃあ行こう、マテオ」

サラはそう言って、俺を抱っこして、飛び上がった。

不思議な感覚だ。

泳いでいるとも、飛んでいるともつかない不思議な感覚。

サラに抱っこされて、あっという間に海の上、砂浜に戻ってきた。

「ふぅ」

思わず肺の中の息を吐き出した。

普通に過ごせていた海中だったけど、やっぱり本当の陸上に戻ってくるとなんか違う。

良い悪いじゃなく、なんかが違う。

「ありがとう、サラさん」

「ううん、こっちこそだよ」

「そうだ、これはもう開けちゃっていい？」

「うん！」

俺はお土産の箱を開けた。

中にはシンプルなデザインの指輪があった。

「これは？」

「海の中にいたときって、あたしの力でマテオが普通に行動できるようにしてたじゃない」

「うん」

「それと同じことができる指輪。つけてると、海の民じゃなくても、普通に水中で過ごせるようになるの」

「へえ」

「だ、だからね」

「え？」

「たまにでいいから、会いに来てくれたら……うれしいな、って」

サラはもじもじして、赤くなっていった。

なるほど、そういうことか。

それなら、断れないな。

「ありがとうサラさん、遊びに行かせてもらうよ」

俺はそう言って、指輪を着けた。

瞬間、指輪が「溶けた」。

「え？　な、なに」

溶けた指輪は光を放った。

その光のまぶしさに、目を覆（おお）いながら不思議がるサラ。

「大丈夫だよサラさん、僕が魔法アイテムを着けるとこうなることがあるんだ」

無形剣、オーバードライブ。

ある一定以上のランクの魔法アイテムを着けると、魔法アイテム自体の形が変わる。

そして、能力も変わることがある。

どんな能力なのかな……と、思っていると。

体が光った。

そして、景色が一変した。

「マテオ⁉」

「え？　あれ」

目の前にいたサラが、いつの間にか背後にいた。

いや、違う。

俺が移動したんだ。

サラの背後に。

「な、何。何をしたの？」

「もしかして……ねえサラさん、僕につかまって」

「う、うん」

俺が差しだした手を、戸惑いながらもつかんだサラ。

俺はもう一度同じことをした。

今と同じことを、ちゃんと意識してやった。

すると――また景色が変わった。

今度は宮殿の前だ。

女王と人魚たちが海の上を見ている、宮殿の前に戻ってきた。

「お母様⁉　こ、ここは？」

驚くサラ、それは女王も同じだった。

「サラ？　いつの間に――恩人様も」

「そっか、そういうことか」

俺は手を見た。

溶けて見えなくなった指輪のあるあたりを見た。

「どういうことなの、マテオ？」

「うん、みんながくれた指輪の新しい力が目覚めたんだ。どうやら、水のある場所ならどこでもすぐに飛んでいけるみたい」

「ええぇ⁉　何いってるのマテオ、そんなことありないって」

「実際そうなってる――」

んだけど、と言いかけた俺だが。

「……もしかして」

女王が俺を見つめ、真顔で言う。

幼げな顔に真剣な顔はギャップでの相乗効果で綺麗(きれい)に見えたが――直後の言葉がそれどころじゃなかった。

「数百年に一度現れるという伝説の、海神様(わたつみ)なのですか？」

「え？」

ええええ!?

海神ってそんな伝承があるの？

嘘とか冗談とかじゃないようだ。

よく見れば、女王だけじゃなく。

海神と聞いた瞬間、サラも、他の人魚たちも。

さらにワンランク上の、尊敬の眼差し(まなざ)しを向けてきたのだった。

40 海底のお宝

「これは……？」

まわりを見た。

俺が水ワープで飛んで出てきたところは湯気が立っている。

まわりはタイル張りの密閉した空間だ。

「浴場か、ってことは、ここは陛下の」

海底宮殿からワープで地上の離宮宮殿に飛んできた俺は、意図しなかった浴場に出てきた。

女王が言う「海神（わたつみ）」に興味があってもっと話を聞きたかったが、その前にさくっと皇帝に状況報告して、安心させなきゃと思った。

だから地上の宮殿に飛んできたつもりなのだが、水のあるところに飛ぶこの力のせいで、浴場に出たようだ。

とりあえずここから出よう――むっ！

浴場の出入り口、磨（す）りガラスの向こうに、うっすらと人の姿が見えた。

はっきりとは見えないが、胸は結構ある。

シルエットだけで女だと一目で分かる。

皇帝の妃か⁉

浴場をメイドが使わせてもらえるとは思えない。

宮殿で、浴場を使える、その上女。

となれば皇帝の妃くらいしか考えられない。

まずい、これはまずいぞ。

さすがに皇帝の妃の裸を見てしまうと厳罰は免れない。

俺は慌てて湯船の中に飛び込んだ。

「マテオ――」

「え？」

湯船に飛びこんで、水でワープする俺。

直前に女が磨りガラスの向こうで俺の名前をつぶやいた。

その直後にも何かをつぶやいたようだが、ワープしてしまったので耳に入ったのはそこまでだ。

宮殿の湯船から飛んだ先は、避暑地の俺の家にある、キッチンの水がめだ。

この家を使っていいと言われたとき、家の中を一通り見回したから、キッチンに貯水用の水がめがあることを覚えていた。

だからそこに飛んだ。

そこに人はいなかった。

俺は今し方の出来事を考えた。

皇帝の妃が俺の名前を呼んだ。

なんでだ？

……いや、深く考えないようにしよう。

皇帝の妃とは関わらない方がいい。

変な誤解を持たれてもまずいしな。

今の俺はまだ六歳児だからさほど問題が起こるとも思えないが、ちゃんと避けて通るに越したことはない。

水がめから水筒に水を汲んで、それを持ってキッチンを出て、家からも出た。

ワープは使わないで、歩きで宮殿に向かった。

万が一また浴場に飛んだら、今度こそ鉢合わせしてしまう。

それを避けるための歩きだ。

宮殿にやってきて、門番に取り次ぎを頼んだ。

「マテオです、陛下に謁見を申し込みます」

「マテオ様！　しょ、少々お待ちを‼」

門番の一人が宮殿の中に飛び込んでいって、すぐにまた戻ってきた。

「どうぞ！　陛下がすぐにお会いになるそうです」

「わかった、ありがとうございます」

俺はそう言って、宮殿の中に入った。

建物の中に入ると、官吏の一人がついて、俺を先導した。

先導してやってきたのは、謁見の間。

中に皇帝がいた。

「おお、マテオよ。今までどこに行っていたのだ」

玉座に座る皇帝は、俺を見てほっとしたのと喜んだのと、それがない交ぜになったような表情をしていた。

そして、髪が少し濡れている上に、頰も上気している。

まるで湯上がりの姿だ。

って、ことは。

皇帝は妃と一緒に入ってたのか。

よかった、鉢合わせしなくて。

俺はほっとしつつ、皇帝に答えた。

「ごめんなさい陛下、ちょっと用事があったの」

「そうかそうか。いや、無事ならば何も言うことはないのだ、余は」

「それで陛下、用事がまだ終わってないから、何日かお休みをもらっていいかな」

「ふむ？　手助けはいるか？　とりあえず一〇〇〇人くらい連れていけ」

「だ、大丈夫！」

いきなり一〇〇〇人とか。

相変わらず皇帝の溺愛とスケールが大きい。

「自分でできることだから」

「そうか。何か手助けがいるときは遠慮なく言うのだぞ、マテオ」

「うん、ありがとう陛下」

俺は立ち上がって、身を翻して歩き出した。

ふと、立ち止まって皇帝を見る。

「……」

「どうしたマテオ、やはり助力が必要か」

「ううん、陛下ってやっぱり綺麗なんだねって思っただけだけど」

「――んな！」

皇帝は驚き、上半身をわずかにのけぞらせた。

「あっ、ごめんなさい。なんでもないです」

俺は慌ててその場から逃げ出した。

なんとなく想像してしまったのだ。

美しい皇帝が、たぶんやっぱり美しい妃と入浴する光景。

それはきっと美しい光景なんだろうな、と思ってついつい口にしてしまった。

普通ならそれも皇帝への冒瀆(ぼうとく)だから、俺は慌てて逃げ出した。

「また……綺麗って言ってくれた……」

最後に聞こえた皇帝のつぶやきが、奇妙だが気分を害した様子ではなかったから、ちょっとだけほっとした。

俺はそのまま謁見の間から飛び出して、宮殿からも飛び出した。

そして人目のつかない物陰で、持ってきた水筒の水を地面にぶちまけた。

その水たまりに飛び込む。

水を使ってのワープ、海底の宮殿に戻ってきた。

地上は水のあるところにしか行けないけど、海の中はそもそもが全部が水だからどこへでも行ける。

だから俺はまず、ちゃんと宮殿の外に戻ってきたのだが。

「お帰りなさいませ、海神様」

「ええええ!?」

女王とサラ、そして人魚たちは待っていた。

俺が一旦地上に戻るといった時とまったく同じ格好のままで同じ場所にとどまっていた。

「ま、待ってたの？」

「はい」

「そんなことしなくてもよかったのに」

「とんでもありませんわ！」

女王は声を張り上げた。

「海神様が戻られた時に誰もいなかった、なんて無礼なことはできません」

「そうだとしても」

俺は微苦笑した。

女王と王女御自らがずっと待ってる必要なんてどこにもなかったろうに。

「そ、それはいいから。海神の言い伝えをもっと教えてくれるかな。えっと、できれば中でゆっくりと」

「はい。サラ、海神様を乗せて差し上げて」

「うん！　マテオ、乗って」

サラは俺に背中を差し出してきた。

「こら！　そんな言葉遣いはダメでしょう、サラ」

「あっ、そっか」

「大丈夫だから、普通に話してくれた方が嬉しいよ」

「そう？　どうする、お母様」

「……海神様がそうおっしゃるのなら」

とりあえず必要以上のへりくだりは止められたかな。

俺はサラの背中に乗った。

海底に初めてやってきた時と同じ格好だ。

宮殿の門が開いて、俺たちは中に入った。

「あっ、謁見の間とかじゃなくて、リビング？　みたいなところの方が話しやすいかな」

「分かりました」

女王は素直に従った。

謁見の間とか、今はまずい。

女王は下手したら俺を玉座に座らせてきそうだ。

そう危惧してリビングみたいなところを希望した。

結果から言って、それは全くの危惧じゃなかった。

注文通りリビングみたいなところに連れてこられたけど、おそらく普段は女王が使っている席に俺は座らされた。

サイズが違いすぎて、女王の椅子は人間にとってキングサイズのベッドくらいはある巨大なものだった。

そこに座らされた俺。

落ち着かないが、気にしてもしょうがない。

まずは話を。

人魚たちの数が減って、女王とサラ、そして数人だけになった。

「えっと、海神の話を聞かせてくれる?」

「はい」

女王は静かに頷いた。

「海の一族に伝わる言い伝えです。数百年に一度、海の神——すなわち海神様が生まれ変わり、私たちの前に降臨なさる、と。その海神様は海の全てを支配するお力を持っているとか」

「生まれ変わる……」

むむむ、って感じだ。

話を聞く前まではそんなばかな、って思ってたけど、生まれ変わりと聞いて「もしかして」って思った。

まさに生まれ変わりって感じだ、俺は。

中身は中年なのに、気がついたら橋の下で赤ん坊に生まれ変わっていた。

本当に海神とやらに生まれ変わったのか？　と思いはじめるようになった。

「それで、海神様がいらっしゃらない間少し考えました」

「え？　なにを？」

「人間への宣告です」

「宣告？」

「古の慣例を復活させるのです。月に一度、人間に海神様への生け贄を要求します。言い伝えでは、歌声の綺麗な乙女が良いとされてますが、海神様はどのような娘がお好みでしょうか」

「生け贄!?　そ、それはダメだよ」

「しかし、海神様復活を知らしめるためにも、生け贄は要求しなければ」

「いいから、それはだめ」

俺は強めに言った。

「生きてる人間に迷惑かけるのはだめ。供物とか金銀財宝とか要求するのもだめ」

「そ、そうですか？」

「どうしよう？　お母様……」

「そうですね……」

人魚の親子は難しい顔をして考え込んだ。

海神と信じ切ってる俺に何かしたくてたまらない、って顔だ。

「生きてる人間に迷惑をかけてはダメ……海神様、では死んでいる人間であればどうでしょう」

「え？　ま、まあ。死んだ人なら、いいのかな？」

何を言ってるのかよく分からないけど、とりあえず余地を残しつつ、曖昧に頷いた。

「では、あれなどがいいのかもしれませんね」

「あれって？」

「海神様に直接見ていただいた方が早いかと思いますが、どうでしょうか」

「う、うん。分かった。どこなの？」

「サラ」

「はい、お母様」

サラは再び背中を差し出してきた。

俺は彼女の背中に乗った。

今度は女王とサラとの三人で、宮殿から一直線に外に出た。

二人の人魚とともに、海中を泳ぐ。

エヴァに乗って空を飛ぶのとは、また違った爽快感があった。

しばらくして船が見えてきた。

海の底に沈んでいる船——沈没船だ。

「ここです」

「ここは？」

「人間の乗っていた船です。嵐に呑まれて沈んだものです」

「なるほど」

俺は軽く手を合わせた。

ひとまずとまった人魚の母娘は、俺を連れたまま船の中に入る。

甲板の上や窓越しに見える船室の中には、そこかしこに白骨化した死体が見える。

「結構時間が経ってるんだね、これが沈んでから」

「えっと……あたしが二百年くらい前に見つけたやつだったかな、これは」

「そんなに……ん？　これはって？」

「他にもたくさんあるから。人間の船はもろいせいで、嵐に遭ったらすぐに沈んじゃうからあっちこっちにあるんだ」

「そっか」

そりゃそうだ。

嵐で船が沈んだ話はちょくちょく聞くもんな。

そりゃここ以外にもたくさんあるんだろう。

女王の案内で、船の奥にやってきた。

奥まったところにある部屋を開けると——中は宝物庫だった。

そこには金銀財宝が山のように積み上げられている。

「これは……」

「人間の財宝です。この船の人間のものですね」

「そっか」

「こういうのは……どうでしょう海神様。海神様に献上しても大丈夫でしょうか」

「あー……そっか」

そういう話だったっけ。

俺は少し考えた。

沈没船で、もはや持ち主のいない財宝。

それなら、もらっても問題はなさそうだ。

「うん、ありがとう。ありがたく受け取るよ」

「……ほっ」

「やった」

女王はほっとして、サラは喜んだ。

「サラ、他の沈没船からも財宝を引き上げるように、みんなに言ってきて」

「分かった」

女王が命じるのは止めなかった。

俺のために何かができる、という女王たちは実に嬉しそうだったから、止めるのは野暮かなって思った。

これで、世界中の沈没船、その財宝は俺のものになるみたいだ。

41 海神転生

俺は、世界中の海を回っていた。

サラの背中に乗って、女王と並走して。

二人に連れられて——という形で海を回った。

しばらく無言のまま泳いでいたが、ふと、女王が口を開いた。

「次の沈没船はもうすぐです、海神(わたつみ)様」

「そうなの、近かったね」

「このあたりは、人間の沈没船が世界で一番密集していますので、何隻(なんせき)か見て回れると思います」

「世界で一番密集している？」

俺はあごを摘(つ)まんで、少し考えた。

それ、なんかの本で読んだ記憶がある。

「ガリューダ三角のこと？」

「なにそれ？」

「はい、人間はそう呼んでいるそうです」

サラは首を傾げたが、女王は即座に頷いた。

ガリューダ三角。

船乗りたちに「魔境」とも呼ばれている海の一角。

そこに立ち入った船の大半が事故に遭い、沈没することからそう呼ばれるようになった。

魔物に食われたとも、悪魔に連れ去られたとも噂されるほどの、恐れられている場所だ。

「そっか、確かにそこなら沈没船が一番密集しているよね」

「はい。ですので、きっと海神様にも気に入っていただける財宝が眠っているはずです」

女王はわずかに意気込んでいった。

普段は女王として抑えている分、わずかな意気込みでもすごく感じる。

「……」

「どうしたの、サラ」

「ご、ごめん。ちょっと長く泳いだから疲れちゃった」

「そうだったの？　ちょっと休もうか」

「ううん、大丈夫。これでも人魚だから」

サラはそう言ったが、空元気なのは明らかだ。

今まで気づかなかったが、人魚とはいえ、海を泳ぐのは少なくとも人間が陸上を歩くのと同じことだ。

それで体力を消耗しないわけがない。

人間が泳ぐよりも圧倒的に楽なのは間違いないが、それ自体が体力を消耗しないわけではないのだ。

「ごめんね、それなのに僕を乗せてもらって」

「そんなことないよ！」

「そうですよ。海神様を背中に乗せられるなんていう名誉、サラ以外の子にはさせられないくらい光栄です」

女王がそう言った。

その横顔は本気でそう思っているって顔だ。

「サラも、もう少し成長したら私の跡を継いで女王になってもらうのだから、これもいい経験よ」

「もうちょっと成長？　女王様くらい大きくなるの？」

まさかと思って聞いてみたが、そのまさかだった。

「はい、私くらいまで大きくなります」

「人魚ってそうなんだ」

「いいえ、女王の血を継ぐ者だけです」

「なるほど」

女王蟻とか、女王蜂とか。

そういう感じの生物なのかな。

にしても、大きくなるのか。

俺はサラを見て、少し考えた。

「ねえ、ちょっと止まって」

「え？　うん」

言われたサラは慌てて止まった。

女王も少し行った先で止まって、こっちを向いてきた。

「どうしたの、海神様」

「ちょっと待っててね」

俺はサラの背中に手を触れた。

「んっ……」

サラはビクッとした。

「くすぐたかった？　ごめんね、すぐ終わるから」

「だ、大丈夫」

大丈夫だと言うサラ。

俺は目を閉じた。

意識を、まわりとサラに集中した。

次の瞬間、魔力がサラの体内に注がれた。

そして、サラの体が徐々に——徐々に膨(ふく)らんでいった。

大きくなっていき、やがて、女王と同じサイズになった。

「こ、これは……お母様と同じ？」

「成功したみたいだね、よかった」

「わ、海神様、これは一体……」

サラ以上に驚く女王。

俺は説明した。

「僕はそういう力があるみたいなんだ、生物を一時的に、強制的に成長した姿にする能力が」

「そんな力が⁉」

「あっ、なんか、これ……」

「すぐ戻っちゃいそう？」

「う、うん」

戸惑うサラ。

まるで満杯の水が入ったコップを持った時のようにあわあわした。

「うーん、やっぱりサラの魔力じゃ難しいのかな」

「私の魔力？」

「うん。海の魔力を、僕の体を介してサラに届けたけど、あまり上手くいってないみたいだね」

俺の魔力を使ってもいいけど、前からずっと考えてた。

魔法を使うとき、自然の魔力は使うが自分の魔力は使わない方法を。

今回もそうだ。

サラ自身の魔力と、自然の魔力。

それを合わせて、俺が術式を組んで起動。

って、やったんだけど。

サラはプシュウゥゥゥ……って空気抜けした感じで元のサイズに戻っていった。

「あっ、戻っちゃった」

「あまり上手くいかないみたいだね」

「そうかも。あっ、でもなんか体力がちょっと回復したみたい」

「そうなの？」

「うん」

「そっか、それならよかった」

完全に失敗したというわけでもないようだが、まだまだ改良は必要だ。

どうやって改良すればいいのか。

俺は、再び泳ぎだしたサラの上で、考え続けた。

☆

「あっ、ここ」

いくつかの沈没船を回って。

それだけでオノドリムからもらった埋蔵金以上の財宝を手に入れた後。

ふと、サラが止まった。

海中に浮かびながら、サラは斜め前の一点を見つめている。

「どうしたの？」

「あそこ、前の海神様の聖骸があるところだ」

「せいがい？」

「そうですね、あそこに祀(まつ)ってあります」

聖骸って……聖なる遺骸って意味か。

要は前の海神の死体ってことだ。

「ねえ、ちょっと行ってみない？」

「行ってみる？」

「うん！」

無邪気に笑うサラ。

俺は少し考えた。

用事はないが、興味はある。

海神って一体どういうヤツなんだろうかという興味はある。

「そうだね、行ってみようか」

「うん！　いいよね、お母様」

「海神様がそうおっしゃってるのなら」

二人は俺を連れて、聖骸とやらがある方角に向かって泳ぎだした。

しばらくして、岩陰に隠れた神殿らしきものを見つけた。

神殿の前で降りて、一緒に歩いて中に入る。

「ぼろぼろだね」

「そうですね。以前の海神様が亡くなってから三〇〇年も経つのですから」

「三〇〇年か」

気の遠くなるような時間だな。

神殿は特になにも仕掛けとかなくて、俺たちは一直線で一番奥までやってきた。

すると——驚いた。

盛大に驚いた。

神殿の一番奥の祭壇に、一人の少年が座っている。

足を組んで座っていて、目を閉じている。

「海神様の聖骸です」

「あれが?」

「はい」

「……たしかに、生きてないっぽいね」

この距離からでも分かる、あの少年は生きてないと。

動きもなければ、呼吸とか心音とかそういうのもない。

魔力も一切感じられない。

なるほど間違いなく遺骸だなと思った。

そして、もう一つ。

「三百年前なのに、体が綺麗に残ってるね」

「海神様の聖骸だから」

「なるほどね」

これにも納得した。

沈没船を回って、数え切れないくらいの白骨死体を見てきたから素直に納得した。

人間は死ねば骸骨(がいこつ)になる、死んで骸骨にならないのは海神——神だってことに納得した。

「やっぱり海神様と似てますね」

「そうね、少し年長ということを差し引けば、すごく似ていますね」

人魚の母娘はそう言った。

似てるっていえば似てるけど、こじつけって気もする。

二人からすれば、まだ軽く否定してる俺をとにかく海神ってことにしたいのはあるんだろうな。

「ずっとここにあったんだね、海神の聖骸って」

「はい、ここで私たちをいつまでも見守っている、とのことです」

「なるほど……んん？」

「どうしたんですか、海神様」

女王の言葉にちょっと引っかかった。

その言葉、聞き覚えがある。

「あっ……そっか、サラさんが言ってたのと同じだ」

ちょっと前に、サラが女王の亡骸を前にそんなことを言っていた。

……。

「ねえ、海のものは死んだら、魂がずっと海の中に漂っているんだよね」

「え？　そうだけど？　そうだよね、お母様」

「はい。人間とは違い、魂がいつまでも母なる大海が包み込んでくれるのです」

「そっか」

それはつまり、海神の魂も残ってる可能性が大きいってことだ。

体は完全に残っている、魂も残っているかもしれない。

ということは――レイズデッドでの完全復活ができるということだ。

……やろう。

レイズデッドで復活させて、俺が海神じゃないって分からせよう。

それをやると「海神様を復活させた人」ってなるけど、海神本人よりは少しはましになるはずだ。

さすがに……神って思われるのはちょっと恥ずかしいというか、色々複雑なところがある。

俺が海神じゃないのははっきりしてる。

なぜなら、俺は前世の記憶があるからだ。

海神の転生、というのはあり得ない。

前世の俺はただの人間だ。

「二人とも、ちょっと下がって」

「何をするのですか？」

「すぐに分かるよ」

二人を下がらせた後、俺は海神の聖骸に近づいていった。

手をかざす。

海から魔力を得る、自分の魔力と使う。

聖骸には魔力がないから、一〇〇％俺の魔力を使わないといけない。

それを使って――

「レイズデッド」

と、唱えた。

魔法が海神の聖骸を包む。

手応え――あり！

次の瞬間、視界が揺れた。

そしてサラに次の瞬間、自分の体が見えた。

「え？」

驚く俺。

糸の切れた人形のように崩れ落ちていく「俺」。

とっさに手を出して抱き留めた。

そこで、気づく。

俺は——聖骸に乗り移っている。

聖骸の俺が、今までの俺の体を抱き留めている。

「こ、これは……」

「海神様!?」

「……そっか、お母様の時と同じ」

「どういうことですか？　サラ」

「海神様はお母様を復活させた。それと同じ魔法で、前の海神様を復活させた。でも、前の海神様の魂は今の海神様の体に入ってるから——魂が抜けて元の体に戻ったんだよ」

「まあ！」

驚く女王。

俺はもっと驚いた。

サラの推測は、状況的にぴったりだ。

レイズデッド、成功すれば魂を体に引き戻して蘇生させる魔法。

俺は海神の魂が海に漂っていると思ってやったが、その魂が俺の体に入っていた。

いやいや、それはおかしい、あり得ない。

だって、俺には前世の記憶があるんだ。

マテオになる前のただの人間の記憶。

転生前の記憶がある俺は、海神の転生であるわけがない。

「やっぱり本当に、海神様」

「三〇〇年ぶりの復活よ」

「……あ」

三〇〇年と聞いて、はっとした。

俺には、三〇〇年前の記憶はない。

普通に数えれば、それは前世の前世の前世——くらいだ。

前世までの記憶しかない俺は、それを完全に否定することなんてできなかった。

……って、ことは。

俺は本当に、海神の転生だった？

42 ガリューダ退治

俺は、海神(わたつみ)の肉体に段々と馴染(なじ)んでいった。

最初はマテオの肉体となにも変わらなかったのだが、徐々に変化が感じられるようになってくる。

俺は見上げた。

「海神様？」

不思議がる女王。

「……見える」

「何がでしょう」

「海上が見える。大分時化(しけ)っているな」

「そのようなことが分かるのですか」

「ああ、間の『海』はまったく邪魔にならない」

「……サラ、ちょっと見ておいで」

「う、うん！」

母親である女王に言われて、サラは急速で上——海面に向かって泳ぎだした。

段々と遠ざかっていくサラの後ろ姿を見送る。

数分後、サラが戻ってきた。

「本当に時化ってたよ、お母様。すごい嵐が来てる」

「そ、そう……」

驚きとともに、俺を尊敬の眼差しで見つめてくる女王。

それはサラも一緒で——

「私たちにも分からないのに」

と、人魚でも海上まで行かなきゃ分からなかったことを分かった俺に感動していた。

「それは失礼よ、サラ。海神様に」

「そ、そか。ごめんなさい。マテ——じゃなくて海神様」

「いいよ、言い直さなくても」

俺はふっと微笑みながら言った。

「今まで通りで良いよ」

「そ、そう？　じゃあそうする」

竹を割ったような性格のサラは、俺の提案をすんなりと受け入れた。

「それにしても……」

俺は自分の手を見つめながら、つぶやく。

それを聞いて、女王が聞いてきた。

「何か不具合がおありでしょうか？」

「ううん、むしろ逆だよ。ものすごい勢いで馴染んでいって、力がどんどん膨れ上がっているのを感じるんだ」

「それはやはり、海神様が海神様であったということなのでしょう？」

「そう、だね」

俺は苦笑いした。

結局あれこれ千の言葉で言われるよりも、一つの体験ですべてひっくり返るということだ。

この馴染み方は半端じゃない。

俺自身、「そうか海神の生まれ変わりだったんだ」という確信が芽生えてきた。

前世が普通の男だというのは変わらない。

持っている記憶はそのままだ。

そうじゃなくて、記憶のない前々世くらいが海神だったという確信。

前世の少年時代に「実は自分は選ばれし者だった」という空想をしたことがあったけど、少年時代の黒歴史だった空想が本当のことだったという不思議な感覚だ。

「あれ？」

「どうしたのですか？　海神様」

「あっちに……」

俺はあさっての方角を見た。

じっと見つめ、目を少し細めた。

ぼんやりとしか見えないものを、どうにかはっきりと見えるようにするために。

「あっち……ですと、ガリューダ三角の方角でしょうか」

「そっか、さっき向かおうとしていたところだよね」

「はい、何かあるのですか？」

「……たぶん」

俺は頷（うなず）き、飛び出した。

海中を、まるで空を飛ぶかのように、一直線に飛び出した。

「お、お待ちください」

「どうしたの、マテオ!?」

女王とサラがついてきた。

人魚の二人は、結構なスピードで泳いでついてくる。

二人を置いていくのもなんなので、俺は少し速度を緩（ゆる）めて、二人がついてこられる程度の速さて海を飛んだ（泳いだ）。

しばらくして、開けた海底のある場所にやってきた。

地上の大草原の、その数倍はあろうかという開けた場所。

そこに、一面に散らばる船の残骸（ざんがい）があった。

船の形を保っているものだけでも五隻（せき）、その他ばらばらになって沈んでいるのも合わせれば、両手両足の指程度じゃ足りないくらいの数がある。

そこで止まった俺。

そして数秒ほど遅れて、追いついてきた女王とサラ。

「はあ……はあ……」

「は、速い……」

二人はすっかり息が上がっていた。

俺は振り向き、謝った。

「ごめん、もう少しゆっくりと飛んだ（泳いだ）方が良かったね」

「と、とんでもありません」

女王は息を切らせながらも恐縮した。

女王ほどの力がないサラは息が上がりっぱなしで、まともに喋（しゃべ）れないでいた。

俺は再び、前を見た。

目を眇めて、それを探す。

「何かをお探しですか、海神様」

「うん……見つけた」

「何をでしょうか」

「見てて」

俺はそいつをじっと見た。

まずは姿を見せてもらおう。

俺は両手を真っ正面に突き出した。

何もない海を、まるで観音開きのドアがあるかのように、両手でノブをつかんで、左右にがっ！　と開いた。

すると――海が割れた。

海底が割れて、そこだけ水のない空間になった。

すると、姿がはっきりと見えた。

「こ、これは……」

「水の……ドラゴン？」

驚愕する母娘。

そう、そこに現れたのは水の竜。

全身が完全に水でできている、水の中だと溶け込んで見えなかったが、俺が海を割って水のない空間にしたことで、その水の体が浮かび上がってはっきり見えるようになった。

「……え？　マテオが見つけたのって、これ？」

「うん、そうだよ」

「近くまで来ても水の中に溶け込んで見えなかったのに、それが見えてたの？」

「水の中だからね、それで見えたのかも」

さっき、海上を見た時にもそう思った。

水の中では、俺の視力はほぼ無限大に等しくなる。

水がいくらあろうと視力を遮ることはできない。

しかし海上だとそうはいかなかった。

空はうっすらとしか見えなくて、雲も透けては見えなくて普通に雲として見えるだけだった。

海神だから、なのかなあ？

「す、すごい。さすが海神様」

「それよりも……そこのお前。話は分かる？」

俺は水の竜に問いかけた。

海があったときは宙に浮いていた感じだったのが、海を割った後は地面に着地していた。

そうして、俺を睨んでいる。

「何用だ、人魚の娘に人間の子供よ」

「あなた！　この方は――」

女王が怒ったが、俺は手を真横に突き出して、女王を止めた。

「会話になるのなら話は早い。ここで沈没した船は、全部あなたの仕業？」

「その通りだ」

「どうしてそんなことをするの？」

「暇つぶし」

水の竜はあっけらかんと言い放った。

「暇つぶし？」

「そうだ」

「……それだけのために、こんなに多くの船を沈めたの？」

俺はまわりを見回した。

他の海域よりも遙かに多い沈没船、その残骸。

「それ以外の何がある」

水の竜は笑った。

鼻で笑った。

「そう……」

「何者かは知らぬが、我の機嫌が良いうちにここから立ち去──」

「ふっ！」

俺は両手を広げて、ガッと体の前で交差した。

開けたドアを今度は閉めるイメージ。

閉めた上で、サラにキツく閉じるイメージ。

すると、割った海が戻ってきた。

海は水の竜を飲みこんで、再び見えなくなった。

「あっ……がっ……」

声だけが聞こえてきた。

水の竜の苦悶の声だ。

「な、なにをしてるの？」

「水圧をかけてるんだ」

「すいあつ？」

サラの疑問には答えず、さらに水の圧力を上げた。

水を使って、四方八方から水の竜を押しつぶそうとする。

「なめる……なあああ！」

水の竜の咆哮が聞こえる。

ぱし、という音がしたが。

「なっ」

今度は驚愕の声が聞こえた。

圧力をはねのけようとしたが何も変わらなくて愕然としている声。

俺はさらに押した。

圧力をかけられた水の竜がうっすらと浮かび上がった。

元の体積よりも小さく圧縮されて、それで体の色が少し濃くなったせいで、見えるようになった。

徐々に小さくなっていく。

徐々に色濃くなっていく。

やがて、はっきりとその姿が見えるようになった頃には。

「ギ、ギギ……」

という、声しか出せなくなっていた。

「……消えろ！」

俺はつぶやき、ぐっ、と拳を握り締めた。

それで局所的に高められた水の圧力が最高に達し、水の竜は押しつぶされて、跡形もなく消え去った。

念の為に海をもう一度割った。

そこには水の竜のばらばらとなった死体が転がっていた。

「……よし、これなら蘇生もできないだろう」

船を沈めることを「暇つぶし」と言い放つヤツを倒せたことに、俺はひとまず満足した。

「すごい……」

「海神様……」

一番近くにいた人魚の母娘が、俺の姿を見て感嘆していた。

43 互いを見破れる関係

「さて、と……」

水の竜を倒した後、俺は改めてまわりを見回した。

ガリューダ三角、魔の海の底。

海神の視力は障害物がない限りはどこまでも見渡すことができて、それで多くの沈没船、そしてその残骸(ざんがい)を見つけた。

「海神様(わたつみさま)？　どうかされましたか？」

まわりを見回す俺を、女王は不思議がった。

「今思ったんだけど、これらを、なるべく遺族の元に返してあげられないかなって」

「これらって……どれのこと？」

今度はサラが聞いてきた。

ついつい感覚的に言ってしまったが、分かりにくかったか。

「沈没船の中に積載しているものだよ」

「ええ⁉　それって、財宝を人間たちに——あげてしまうってこと？」

「そういうことになるのかな」

「どうして⁉」

「明らかに数百年とか、そういう古い沈没船とかはしょうがないけど、ここの沈没船は数が多くて、見た感じ新しいものも多いんだ。たぶん最近沈められたものだと思う」

「おっしゃるとおりだと思います。あの水の竜、持続的に『楽しんでいた』と思います」

女王がそう言い、俺は頷いた。

さっきのあの様子からして、下手したら船が直上を通過する度にそんなことをしてただろう。

だからこそ、沈没船は新しいものもちょこちょこ見えるわけだ。

「そんなの別にいいじゃん。もう海の底まで沈んできてるんだから、海神のマテオのものだ」

「サラ、海神様にそんなことを言ってはいけませんよ」

女王がサラをたしなめた。

「なんでさ」

「サラの言うとおり、沈んできた船はその中身ごと海神様のものです。この海全てが海神様のものなのですから」

「でしょ？　だったら——」

「だから、その処遇も海神様が決めるべきで、サラが口を出して良いものじゃありませんよ」

「うっ」

「海神様が人間に分け与えるとおっしゃるのならそれが正しいのです」

「そ、それはそうなんだけどぉ……」

サラは唇を尖らせた。

女王の言うことは分かるけど、それでも……という不満だ。

「ごめんなさい、困らせちゃうかな」

と、俺は言ったが、サラは慌てて手をぶんぶんと振った。

「そ、そんなことないよ」

「本当？」

「うん！　ちょっとあれだけど……本当に困ってないから」

「そうなの？」

「大丈夫ですよ、海神様」

女王はにこりと微笑(ほほえ)んだ。

「大丈夫って？」

「サラは嫉妬(しっと)しているだけなのですから」

「嫉妬？」

「海神様の大いなる愛が、海の民の自分たちではなく、地上の人間に向けられたことに嫉妬しているだけなのです」

「ええぇ⁉　そ、そういうことなの？」

俺は驚いた。

そういう話だとはまったく想像もしていなかった。

「ち、違うよ！　そんなことない！」

違うのか。

よく見たら女王はニコニコと笑っている。

なんだ冗談だったのか。

俺は気を取り直して、考えた。

遺族、もしくは沈没する前に逃げ出せた者もいるのかな？

その者たちに、船の財宝とかを返す方法を考えた。

「まずは……船の名前からかな」

「名前、ですか？」

「うん、新しい船なら、名前さえ分かれば調べようがある。確か、ちゃんとした船は行政に登録をしなきゃいけなかったはずだ」

なんかの本でそんなことを読んだ記憶がある。

「なるほど」

「名前は船のどこかに刻んでるか、それを証明するものがあるはずだと思う。臨検(りんけん)とかもあるし、船の身分を証明するものがどこかにあるはずだ」

「分かりました、それは私たちにお任せ下さい」

「いいの？　お願いしちゃって」

「この程度の地味な作業、海神様のお手を煩(わずら)わせるまでもありませんわ」

「そっか」

俺は少し考えた。

そういう申し出なら……任せちゃった方がいいか。

どのみち、その先のこともあるし。

「うん、わかった。ありがとう。それじゃあ僕は船の名前が分かった後のことを調べてくるよ」

「はい」

女王は一度頷き、真顔で。

「海底にある船すべてを調べておいた方がいいでしょうか、それともこのガリューダ三角にあるものだけでいいのでしょうか」

「……せっかくだし、返せるものは全部返しちゃおう。大変だと思うけど、全部調べてくれるかな」

「わかりました、お任せ下さい」

「じゃあ僕は一旦地上に戻るからあとはお願いね」

「はい、いってらっしゃいませ」

女王母娘に見送られて、俺は地上に飛んだ。

水から水に飛ぶ、海神の力で海底から脱出した。

☆

マテオが立ち去った後の、人魚の親子。

巨大サイズの女王と、魔力が切れて二重の意味で小さくなったサラ。

女王は、娘に言い聞かせるような口調でいった。

「覚えておきなさい、サラ」

「な、何をよ？」

「あれが神の愛というものよ、きっと」

「神の愛……」

「手に入れることだけを考えて、与えることをまったく考えてないサラとは違う。偉大なる神の愛なのよ」

「う、うん……」

サラは頷き、マテオが飛んでいったであろう海上を見あげた。

「やっぱりマテオ……すごいなあ」

☆

水間ワープで飛んできたのは、地上にある、避暑地で割り当てられた屋敷だった。
屋敷の裏の池に飛んできて、屋敷を眺めながら、考えた。
さてと、これからどうしようか。
やっぱり……皇帝の力を借りた方が早いな。
今の俺は海神の力をほぼ自在に操ることができるようになっている。
が、ここは地上だ。
水が少ない地上だ。
この地上だと、海神の力は色々と実用上制限がかかる。
使えるのはせいぜい、水間ワープくらいのものだ。
というか、そもそも。
この件は海神の力でどうにかなるようなものでもなさそうだ。
ここはやはり……地上の最高権力者、皇帝の力を借りてしまおう。

俺はそう思い、ひとりでに頷いたあと、池に飛び込んで再び水間ワープで飛んだ。

屋敷の池から飛んだのは、裏路地の水溜まり。

前に自分でぶちまけてつくった水溜まりはまだあって、そこから出ることができた。

その裏路地からも出て、一直線に離宮に向かう。

夏の避暑地、皇帝の別荘。

皇帝の別荘扱いだが、人数が数千人もいるため、皇帝に直接関わらない人たちは日常を過ごしていた。

多くの人々が、様々な商店が林立する大通りを行き交っている。

ここはいわば別荘の庭。

庭が事実上街のようなものになっているのは、ひとえに皇帝の持っている権力あってこそ。

この権力があれば……俺はそう思いながら、離宮に直行した。

すぐにたどりついた。

俺は見知っている門番を見つけて、彼に近づいた。

「止まれ！　何者だ？」

「僕だよ、陛下に謁見を申し込みます」

「何者だ？」

「え？　マテオだけど……？」

どうしたんだろう、と目を剝く門番を見る。

すると、その門番はより警戒を強くした。

「マテオ様……だと？」

あれ？　どうしたんだ一体。

なんでそんな反応をしてるんだ？

ここは何回も来てるし、なんならこの門番、昨日も会ってて普通に通してくれたし。

などと、思っていたのだが。

「ふざけるな！　その見た目でマテオ様を騙るか！」

「え？　あっ……」

言われて、自分を見て、ハッとした。

そうだった。

今の俺はマテオじゃなかった。

マテオの体じゃなくて、レイズデッドでよみがえった、海神の肉体だ。

我ながら似ているなと思ったマテオと海神の肉体だが、やっぱり完全に同じというわけじゃない。

「あっちゃ……ちょっとうかつだった」

「一体何者だ！　マテオ様の名前を騙るなんて！」

門番が叫ぶ、武器を突きつけてきた。

すると、それを聞きつけて、次々と衛兵たちが出てきた。

衛兵たちは場の空気を「正しく」察知して、俺を取り囲んだ。

そりゃ……こうなるよな。

一瞬にして取り囲まれた、衛兵に、武器に、――殺気に。

「気を抜くなよ、マテオ様の名前を騙る輩(やから)だ、マテオ様の立場を利用して陛下に近づき害をなそうとしてるのは明白」

「あぁ……」

なるほどそうなっちゃうのか。

確かに、今この避暑地で、俺が一番皇帝に近しい立場の人間だ。

俺を騙るのは皇帝に近づきたいから――うん、そういうことになるな。

「仲間がいるはずだ。殺すな、捕縛しろ」

「うわっ！」

衛兵たちは一斉に攻撃してきた。

突いてきた槍をかわして、俺は身を翻(ひるがえ)して逃げ出した。

倒してしまうことは造作(ぞうさ)ないのだけど、それでは何も解決しない。

俺は考えた、追われながら考えた。

何か自分の身分を証明できるものはないか、と。

「ここは……エヴァに助けてもらおう」

それが一番だな。

レイズデッドのあと、海神の体からマテオの体に戻れないかと色々試してみたけど、まったく戻れなかった。

もしかして今度はマテオの体にレイズデッドを？　と思ったがそれはすぐには試せなかった。

なぜなら、海神の体になって魔力は大きくなったが、レイズデッドは「持ってる魔力を全部使う」というものだから、一日一回という制限は前とは変わらなかった。

見た目を戻せないのなら、人間たちじゃなくて、俺を魔力で見るエヴァに頼るしかないだろう。

エヴァなら魔力で分かってくれるはずだ。

分かる……よな。

若干の不安を抱きつつ、俺は走った。

離宮の正門から離れて、一直線にさっきの裏路地に向かった。

途中でもなにか水溜まり的なものはないかと探したが、いい感じに露わになっている水溜まりはなかった。

しょうがないから裏路地まで――と思っていたら。
前方からやってくる一行と遭遇した。
それは……皇帝の一行だった。
数人の衛士と、使用人、そして官吏に守られている皇帝。
皇帝はそもそも離宮にいなくて、外に出てたのか。
まあ、これだけの街が「庭」にあるのなら、散歩の一つもするだろう。
その皇帝の隊列と遭遇して、足を止める。
そして――
「陛下」
と、皇帝を呼んだ。
向こうも立ち止まった。
皇帝のまわりの人間は、俺と皇帝を交互に見比べた。
皇帝本人はといえば、俺をしばし見つめた後。
「……かっこいい」
とつぶやいた。
何言ってるんだ？　と思った。
まるで俺みたいなことを言ってら。

ん？　俺みたい？

なんだっけそれは。

と、首を傾げていると、皇帝がハッと我に返った。

「な、何者だ？」

直前のつぶやき、失言をごまかすかのように誰何する皇帝。

それで周りの人間は警戒を強めた。

俺はその場で片膝をついた。

「マテオだよ、陛下」

「マテオ⁉」

驚く皇帝。

まあそうなるか。

「……面を上げよ」

皇帝はすぐには否定しないで、確認？　のためにそう言った。

俺は顔を上げた。

「確かに似ている……いやしかし」

迷う皇帝、これも当然の反応だ。

その間に離宮から追いかけてきた衛兵たちも追いついた。

追いついたが、俺が跪いてるのと、皇帝が考えごとしている。

という光景をみて、俺を捕まえることをためらった。

街の者たちも静まりかえって、成り行きを見守った。

しばらくした後。

「その者よ」

「マテオと名乗ったが、余が信じるに足る証拠はあるのか？」

「証拠？　……えっと」

何か証拠になるものは……。

エヴァじゃなくて、人間である皇帝に分かる証拠……。

「あっ」

俺はハッとして、思い出した。

「一つだけあるけど……ごめんなさい陛下」

「うむ？」

「綺麗だね」

俺はそう言った。

皇帝はハッとした。

俺は俺が初めて皇帝と会ったときに思わず言ってしまったこと。

そしてさっき皇帝が「かっこいい」と言ったときに俺が「俺みたいなこと」と思い出したこと。

さすがにまわりの目があるから主語は一切使わなかったが、それを皇帝にもう一度言った。

俺たちだけの秘密だ。

すると——

「うむ、まさしくマテオだ」

皇帝は少しだけ顔を赤らめながらも、納得してくれたのだった。

そして——

（嬉しい……）

皇帝が何か言ったようだけど——口は動いてなかったから、空耳か。

謁見

皇帝の隊列と一緒に、離宮に戻ってきた。

途中で俺を追ってきた衛兵たちが何かを言いたげだったが、皇帝本人が認めて俺を同行させたから何も言えなかった。

そうして、離宮に入って、謁見(えっけん)の間で向き合う。

同席した官吏たちが数人、その者たちは皇帝に勝るとも劣らないほどの好奇心のこもった目で俺を見た。

腰を落ち着かせた皇帝が、ゆっくりと口を開いた。

「さて、マテオよ。何が起きたのか、余にも分かるように説明してくれ」

「実はね……うーん」

俺は首をひねった。

一言目が実はものすごく難しいことに気づいた。

いや言葉的には簡単なのだが、これを話して信じてもらうのが実に難しい。

「どうしたマテオ、言いにくいことなのか？」

「うん、あの……信じてもらえないかもしれないなって」

「話してみよ。他ならぬマテオの言うことだ、余は信じてやるぞ」

「本当に？」

「ふははは、当然だ。なあに、その姿に変わった以上のこともあるまい」

皇帝は大笑いしながら言った。

それがあるんだよなあ、と俺は思った。

思ったが、ここまでくれば言うしかないだろう。

「あのね」

「うむ」

「僕、神になっちゃったかもしれないんだ」

瞬間、謁見の間がシーンと静まりかえった。

もとより、皇帝が誰かと話している時は口を挟んだら不敬、ひそひそ話も不敬な状況で静かだった。

しかし今はそれよりもさらに静まりかえった。

呼吸音、衣擦れの音。

そういった音さえもが丸々消え去ったかのような。

世界と時が静止したような、静寂。

やはり、一言目が難しかった。

だがこれが一番難しくて、どうやっても避けては通れないものだから、俺はシンプルに伝えた。

静寂がしばらく続いたあと、それを破ったのは皇帝だった。

「もう少し分かるように説明せよ」

どうやら、怒ってはいないようだ。

だから俺は説明した、俺の身に起きたことをありのままに。

「海の人魚と出会い、海の神として転生した、か」

「ちょっと違うよ陛下。海の神が転生したのが僕で、僕はその海の神の本来の体に戻ったんだ」

「……うむ、そういう話だったな」

盛大に戸惑いつつも、皇帝は自制心でなんとか落ち着きを保とうとしているのが見て取れる。

「それは本当、なのか？」

「えっと、証明になるか分からないけど……陛下、水を用意してもらってもいいかな」

「水？」

「うん。桶に入ったくらいの水を、二つ分」

「うむ、わかった」

皇帝は手を上げて、合図した。

すると謁見の間の扉近くにいた使用人が外に駆け出していった。

皇帝がわざわざ命令を詳しく説明する必要はない。

皇帝は最終承認を出すだけで、まわりの人間がそれに忖度(そんたく)して動くのだ。

しばらくして、女官が二人入ってきて、それぞれ木の桶を一つ持っていた。

顔を洗うのにちょうどいい大きさの桶が二つ、それに七割くらいの水を張っている。

「これでよいか?」

「うん。あとはそれをこの部屋の隅っこと隅っこにおいて」

俺はそう言って、場所を指でさした。

大まかに長方形である謁見の間、その謁見の間で一番距離を取るための、対角線上の二点。

皇帝が頷(うなず)き、女官は二つの隅に桶を置いて、下がった。

俺は二つのうちの一つの前に移動して、皇帝の方を向く。

「それじゃ、行くよ」

「うむ」

俺は桶に飛びこんだ。

飛びこんで、水間ワープを使った。

「なっ!」

皇帝の驚愕する声が聞こえた。

謁見の間がざわつき出した。

「こっちだよ、陛下」

俺が言うと、皇帝も同席した官吏たちも、一斉にパッとこっちを向いた。

俺が立っていた桶の対角線上にある、もう一つの桶のこっちを。

「マテオ⁉　どういうことなのだ、今のは？」

「これが海の神――海神の能力の一つ。どこにいても、水があれば水と水の間を飛べるんだ」

厳密には違うけど、そういうことにした。

「……」

「陛下？」

「あ、ああ。いや、少し驚いただけだ」

一瞬あっけにとられたあと、皇帝は表情を取り繕った。

「その飛べるというのは、具体的にはどのようなものだ？　ものすごい速さで動いたということか？」

「違うと思う。陛下、実際に体験してみる？」

「ほう、余を連れて飛べるのか？」

「うん」

「面白い」

皇帝は玉座から下りて、俺のところにやってきた。

官吏たちは黙って道を空けた。

俺の前に立って陛下にそっと触れて。

「それじゃ、行くよ」

「うむ」

皇帝に触れながら、桶の水に飛び込む。

水間ワープで、浴場に飛んだ。

「こ、ここは」

「この離宮の浴場だよ」

「あ、ああ。確かに」

前に戻ってきたときに皇帝の妃とニアミスした浴場。

ここなら距離が離れているし、間に何重もの障害――壁とかドアがある。

「ものすごいスピードじゃないってのは今ので分かるよね」

「……」

「陛下？」

「マテオと……浴場」

「陛下？　ねえどうしたの？」

「──はっ、い、いやなんでもない」

皇帝は慌てて取り繕った。

なぜか顔とか耳の付け根まで真っ赤かになってるけど……なんだ？

確かに浴場には湯が張られてる、皇帝がいつ入ってもいいように。

それはそうなんだけど……そんなに熱いか？

「は、話はわかった。戻ろう」

「うん」

皇帝を連れて、謁見の間に戻った。

戻ってくると、官吏たちがざわついた。

皇帝は取り繕った後の、しれっとした顔のまま玉座に戻った。

俺は皇帝の前に移動して、改めて向き合った。

「話は分かった。確かに、人を大きく超越した力のようだ」

「信じてもらえて良かった」

「うむ、余は信じよう。たとえ他の誰かが難癖をつけようとも、余はマテオの言うことを信じるぞ」

「ありがとうございます、陛下」

俺はぺこり、と頭を下げた。

皇帝はふっと笑った。

「それにしても海の神の生まれ変わりか……神の子降臨の伝承はいくつもあるが、まさか余の在位中にそれを目の当たりにすることができるとはな」

「伝承がいくつもあるって……そうなの？」

「うむ。そういった書物もあるから、後でマテオの屋敷に届けさせよう」

「本当に⁉　ありがとう陛下」

嬉しくて、皇帝にお礼を言った。

それで皇帝も嬉しそうだった。

「それにしても……海の神か。見た目は人間とさほど違わないように見えるのだがな」

「そうだよね」

「うむ、息を呑むほど凛々しくてかっこいい以外は、普通の人間のように見えるな」

皇帝は俺の見た目をさらっと褒めた。

前々々世の体で、まだちょっと「借り物」感がある体だが。

それでも、見た目を褒められるとなんだか嬉しくなってくる。

「それでね、陛下。陛下に謁見を求めた理由なんだけど」

「うむ？　そうだったな。そういえばまだ話してもらっていないな。ふふっ、マテオが海の神になったというだけで衝撃的すぎて、すっかり忘れていたわ」

「あはは、そうだよね」

「で、なんの話だ？」

「うん。えっと、陛下はガリューダ三角のことを知ってる？」

「無論だ」

皇帝は頷いた。

同時に少し厳つい表情になった。

「魔の海域ガリューダ三角。頭痛の種なのだよ」

「そうなんだ」

「そのガリューダがどうした」

「今後、事故が起こらなくなるかもしれないんだ」

「なに!?」

身を乗り出す皇帝、まわりは一気にざわついた。

この反応の大きさ……。

皇帝は「頭痛の種」と表現したが、実際はそれ以上なのかもしれないな。

「どういうことだ、説明しろ」

「うん、実はね――」

俺は頷き、皇帝に説明した。

ガリューダ三角の海底に水の竜が住んでいて、これまでに多発してた事故はその水の竜のせいだった。

そいつを退治したからもう大丈夫だ、と。

海底で起きたことを、皇帝に説明した。

驚愕した顔で最後まで聞いた皇帝は、しばらくの間信じられないような顔をした後に。

「ということは……これからはガリューダの航路を使っても大丈夫、というのか？」

「うん……多分だけどね」

俺は言いかけて、一言付け加えた。

もしかしたらガリューダ三角にはあの水の竜以外の原因があるのかもしれない。

「原因の一つは確実に取り除いたと思うよ。水の竜が暇つぶしで船を沈めた――なんて理不尽な事故はもう起きないはずだよ」

「そうか……それは……すごいことだぞ、マテオよ」

「そうなの？」

「うむ」

皇帝は一度頷いた。

そしてて表情を引き締めて、何かを教える人の顔になった。

「マテオは、なぜガリューダであれほど事故が起きたのか分かるか？　水の竜ではなく、人間側の理由で」

「人間側？」

俺は首を傾げた。

どういうことだ？

海側にある、水の竜以外の原因だというのならまだ質問も分かる。

しかし皇帝は「人間側」と言った。

船が沈むのに、人間側の理由がある……？

「ごめんなさい、よく分からない」

「うむ」

皇帝は責めるでもなく、静かに頷いてから、教えてくれた。

「なぜガリューダ三角で事故が頻発するのか。それはあそこが重要な航路だからだ。そもそも人間が通らないような道では事故が起こりようがないだろう？」

「あっ……」

俺はハッとした。

なるほど、そういうことだったのか。

皇帝が言ってるのは、すごく当たり前のことだ。

人が多いところにはそれだけ色々と起きる。

ものすごく治安のいい大都市と、普通の農村。

どっちが事故とか事件が「多い」かって言ったら、もちろん大都市の方だ。

ガリューダ三角にしてもそうだ、と皇帝は言ってる。

通るから多く沈む。

「危ないと分かりながらも、そこを通り続けるほど重要な航路だったってことだね」

海底に沈む、まだ真新しい——最近の船を思い出しながら言った。

皇帝はさらに頷いた。

「うむ、ものすごく重要な航路だ。それが、本当に安全になったというのなら——」

「なら？」

「余は皇帝として、マテオに褒美をしなければならない」

「褒美？」

「いや、表彰ものだ」

「そんなに？」

「爵位の一つや二つあげてもまだおつりがくるほどのものだ」

「そんなになんだ……」

それはちょっとだけ予想外だった。

でも、海そのものの重要性は本で読んで知っている。

その海の重要な航路なら……そうだよな。

って、おっとっと。

そんな話をするためにガリューダの話をしたんじゃないんだった。

「それよりも陛下」

「なんだ？　マテオよ」

「ガリューダの話をしたのは、沈んだ船の遺品とかを、遺族に返したいからなんだ」

「……なるほど、それがマテオがしたかった話か」

「うん、何かいい方法はないかな？」

俺が聞くと、皇帝は眉根をキツく寄せてしまった。

「マテオの頼みならなんでも聞きたい、と言いたいところだが、沈没した船を引き揚げるのはさすがに難しい」

「あっ、そうじゃないんだ」

「うむ？」

「沈んだ船の引き揚げは僕がやるから、それは大丈夫」

「マテオが？」

驚く皇帝。

何を言ってるんだ、そんなことができるのか？

って顔をしている。

「どうやって……むっ、海の神の……」

「うん、たぶん簡単にできると思うよ」

あの水の竜を押しつぶせるほどの水圧を操れたんだ。

沈没船を海の上に出すことくらい、たぶん問題なくできる。

「それは本当か？」

「うん」

「そうか……」

「それで、今は人魚たちに船の名前を調べてもらってるんだけど、その名前から持ち主を割り出せないかな、って陛下に聞きにきたんだ」

「なるほど、今ようやくすべて理解したよ」

皇帝はそう言って、頷いた。

そしてふっ、と微笑みを浮かべた。

「そういうことなら任せるが良い」

「本当？」

「ああ、ガリューダ三角を通る船なら、船名さえ分かれば持ち主を特定するなど造作もないことだ」

「そっか。お願いできるかな」

「うむ、任せろ」

「ありがとうございます、陛下！」

俺はぺこり、と一礼した。

これで、話はついた。

人魚たちは間違いなく、船の名前を探してこられる。

皇帝も間違いなく、船の名前から持ち主を探してこられる。

俺も間違いなく、船を海の底から引き揚げられる。

解決したも同然だ。

「クラウス」

「はっ」

皇帝に名前を呼ばれて、ずっと俺たちのやり取りを見守っていた大臣の中の一人が、進み出て、頭を下げた。

「話を聞いていたな」

「はっ」

「マテオの表彰の準備を進めよ。ガリューダ三角の呪いはマテオによって打ち消された、と」

「御意」

皇帝は表彰を命じた。

これはすでに言われてたことだから、俺はむずがゆくなりながらも何も言わないでいた。

「それから……編纂官はいるか？」

「エルンスト・ボラック。ここに」

編纂官らしき男が、クラウスと同じように呼ばれて出てきた。

「正史にしっかりと記せ。竜の騎士・『空の王』マテオが、ガリューダ三角の呪いを解いた、と」

「御意」

その後も、皇帝は次々と大臣や官吏を呼び出して、この一件の指示を飛ばしまくった。

気のせいか、七割くらいが俺を称えるような内容だった。

45 あなたが神か

離宮から少し離れたところの砂浜。

波打ち際にまず俺と皇帝がいて、それから少し離れて大臣や下級官吏がいて、その外がさらに民――使用人や兵士やその生活を支える者たちが囲っている。

浜辺ということで、俺たちは扇（おうぎ）状に広がっていた。

俺は皇帝に向かって、

「それじゃ、始めるね」

「うむ」

皇帝が頷（うなず）く。

俺は海に向かって、目を閉じて意識を集中させた。

海神（わたつみ）の力を解放して、海の底にある「もの」を引き揚げる。

しばらくして、一隻（せき）の船がゆっくりと浮上して、こっちにやってきた。

「「「おおおおっ‼」」」

俺と皇帝を除いた、ほぼ全ての人間が驚嘆の声を上げた。

「本当に船を引き揚げたぞ」

「沈んだ船が浮いて、そのまま進むことができるなんて」

「とんでもない力だ……」

それらの反応を見て、皇帝は誇らしげに笑みを浮かべた。

そして、俺をねぎらった。

「よくやった。さすがだなマテオ」

「ありがとうございます、陛下」

「して、船のまわりにまとわりついてるのはなんなのだ？」

「船のまわり？」

皇帝にそう言われた俺は、改めて船のまわりを見た。

地上にいて、距離が離れているからよく分からなかった。

俺は海水を引き上げて、目の前に持ってくることで、それを望遠鏡のようにした。

海水——水を通すとよく見える。

「あれが人魚たちです。あっ、女王様も来てる」

「ほう」

皇帝は目を細めた。

そして、不敵な笑みを浮かべる。

「どれが人魚の女王だ？」

「あの一番大きい者です」

「ふむ、あれか」

人魚の女王は他の人魚に比べて二回りくらいサイズが大きいから、皇帝はすぐに納得して頷いた。

「女王自らのお出ましというわけだな」

「陛下、いかがいたしましょう」

大臣のベルンハルトが近づいて、皇帝に話しかけた。

どうするって……なにをだ？

「このままで良い。まだ正式な対談するには早いだろう」

「御意」

ベルンハルトは腰を曲げて一礼して、下がって元の位置に戻った。

どういうことなんだろうか――と思っているうちに、船が浅瀬の前で停まって、人魚たちだけこっちにやってきた。

俺は、女王と他の人魚たちを出迎えた。

足首が水に浸かるくらいのところで、人魚たちと向き合う。

「来たんだね」

「はい、海神様。ご迷惑ではなかったでしょうか」

「全然、大丈夫だよ」

俺がそう言うと、女王は見るからにほっとした。

ほっとして、落ち着いた後、俺の背後にいる皇帝を見た。

「あれが、人間の王なのですね」

「うん、帝国の皇帝陛下だよ」

「そうですか」

女王は俺の横をすり抜けて、皇帝に近づいていった。

それに反応して衛士たちが警戒して武器を構えたが、皇帝がすぅ、と手を上げてそれを止めた。

そして、向き合う二人。

皇帝と女王。

陸と海。

それぞれの最高権力者が、何の変哲もない砂浜で向き合った。

「初めまして、人間の王」

「うむ、余が帝国の皇帝だ」

「海神様がいつもお世話になっているみたいで、感謝いたします」

「余の方こそ礼を言おう、マテオの覚醒に手助けをしたそうだな。ほめてつかわすぞ」

「……」

「……」

お、おぉ……。

なんかよく分かんないけど、皇帝と女王、二人はバチバチと火花をまき散らしてるぞ。

実際にはなにもないはずなのに、二人の間の空間がバチバチと火花が散っているのが見える。

俺の目の錯覚か？　とかそういうことじゃない。

皇帝側の人間も、女王側の人魚も。

皆、緊張感が高まっている。

「人間の王に、一つ申し出がありますわ」

「ほう……？　聞こうではないか」

皇帝は目を細めていった。

今の……けっして友好的じゃない。

まるで「面白い、どんなふざけたことを言うのか楽しみだ」みたいな言い方だ。

「私たちは、生け贄の再開を要求します」

「なに？」

　皇帝の目の色がいよいよ変わった。

　女王が投げ込んだド直球な要求にそうなった。

「なにゆえ生け贄を要求する」

「海神様に捧げるための生け贄です。これまでは必要なかったのですが、海神様が復活なされた以上、生け贄も必要でございます」

「マテオに？　ふむ、そういうことならば……いや」

　皇帝の目が落ちついた。

　いったんは頷(うなず)きかけたが、そこで考えを改めて、女王に聞き返した。

「そのこと、マテオは承知しているのか？」

「海神様が？」

「うむ。余はマテオのことをよく知っている。……お前などより、よほどな」

「むっ」

　今度は女王が顔を強(こわ)ばらせた。

　皇帝のマウントがきっちりと入ったみたいだ。

「その上で言うが、マテオは生け贄など望まないはずだ」

「それは――」

「うん、そうだね」

俺は話に合流した。

皇帝と女王、陸と海の最高権力者が話しているところに本来なら割って入ることは許されないのだが、さすがにこの話は俺が出て止めないとまずいって思った。

俺は女王に向かって、

「その話はやめようね、って言ったよね」

すると、女王はたじろいで、皇帝は得意げに鼻を鳴らした。

「し、しかし海神様。海神様がこうして本来の体で再臨なさったとなれば、人間たちにはしっかりと――」

「そういうのはいいから」

俺は女王の言葉を途中で遮った。

他のことはともかく、生け贄なんて物騒な話、強権を発動してでも止めなきゃだ。

「やめよ？　ね」

「わ、わかりました」

「ふふ」

「な、なんですか？」

「いいや？　余はただ、マテオのことをなにも分かってないのだな、と思っただけだ」

「むむむむ……」

勝ち誇る皇帝、悔しがる女王。

やはりバチバチとなる二人。

なんだろう、これ。

物語でよくある「私のために争わないで‼」って言った方がいいのかな。

いや、やめよう。

それよりも本題に入ろう。

このままだと脱線したまま、二人はいつまでもバチバチしっぱなしだ。

「ねえ、この船の名前は分かったの？」

「え？　ええ――これです」

女王はそう言って、何かを差し出してきた。

「これは？」

「おそらくは人間の航海日誌、というものかと」

「航海日誌かあ……紙なのに海の中で溶けたりしなかったんだね」

「航海日誌だ、防水の魔法をかけておくのは基本なのだ」

「そうなんだ」

皇帝に言われて、俺は納得した。

たしかに、それは大事なことだな。

俺は航海日誌を受け取って、表紙をめくった。

すると、日記方式の記述が見えた。

「えっと……この『カリン』っていうのが船の名前なのかな」

文脈からしてそうなんだけど。

「間違いなかろう」

皇帝は後ろからのぞき込んで、頷いた。

「そうなの？」

「うむ、船に女の名前をつけるのが、船乗りの伝統らしいからな」

「へー、そうなんだ」

また一つ勉強になった。

「シュベル」

皇帝は顔を上げて、背後に向かっておもむろに誰かを呼んだ。

すると、一人の男がザッ、と進み出て、砂浜で跪（ひざまず）いた。

「ここに」

「マテオ、その男に見せてやれ」

「うん、どうぞ」

俺は頷き、航海日誌をシュベルに渡した。

シュベルは航海日誌を読んで、跪いたまま手をあげて、部下を呼んだ。

部下は何かの台帳らしきものを持ってきて、航海日誌と照合していく。

しばらく待つと、シュベルは顔を上げて、

「分かりました、陛下」

「うむ」

「カリン号はフレベー商会のものです。昨年の春に出港してガリューダ三角で失踪、その後沈没届を出しています」

「間違いないか？」

「はっ、名前と航路、日付が一致しておりますので、おそらくは」

「ふむ」

皇帝は頷いた。

俺も頷いた。

そこまで一致してるんなら、間違いないだろう。

「だった、すぐに来てもらって確認してもらわないとね」

「それなら大丈夫だ」

「大丈夫って？」

「可能性のある商人は全員呼び出している。そうだな？」

「はっ。フレベーを呼べ」

シュベルは、そばの部下にそう言った。

部下が立ち上がって一旦人混みの中に引っ込むと、人混みの向こうから商人風な格好をした一人の男が現れた。

男はやってきて、皇帝に跪いた。

「ルッツ・フレベーと申します。この度は――」

「よい、それよりも船の確認をしろ」

「はっ」

商人は立ち上がり、船に近づく。

船首でなにか色々見て、確認をする。

しばらくして、戻ってきて再び跪く。

「確認いたしました。間違いなく我が商会のカリン号です」

「うむ。さすがだぞ、マテオ。沈没船の引き揚げなど、有史以来の快挙だ」

「「「おおおお‼」」」

皇帝の言葉に、まわりの皆が沸きに沸いた。

皆が歓声を上げて、俺のことを称えた。

☆

その夜は宴が開かれた。
皇帝主催の盛大な宴、主賓は俺。
俺が沈没船を引き揚げたことを称え、祝うための宴だ。
少し前に参加した、じいさんの誕生日のパーティーよりもさらに大規模なものだった。
それが自分が主賓……ということで、終始緊張しっぱなしの宴だった。
全員に持ち上げられ、よいしょされる時間は、それはそれで心地よいものだった。
それが夜中になってようやく終わって、俺は屋敷に戻ってきた。
自分の寝室に戻ってきて、メイドを呼んで服を脱がせてもらおう――と思ったその時。
スタって音がした。
俺だけの寝室の中に、もう一人誰かが現れた。
たぶん男だ、そいつは目だし帽の黒装束で、俺の前に立っている。
「な、何者？」
「問おう」
男はまっすぐと――しかしほとんど敵意のない目。

敬虔(けいけん)なる者の目で、まっすぐに俺を見つめながら。

「あなたが神か?」

と、聞いてきたのだった。

46 一神教の神

「えっと……」

俺は戸惑った。

盛大に戸惑った。

当たり前だ。

自分の部屋にいたら、いきなり正体不明の男が現れて、真顔で「あなたが神か？」って聞いてきた。

戸惑わない方がどうかしてる。

戸惑って、どう返事しようかと悩んでいると。

こんこん。

「よろしいでしょうか、ご主人様」

「え、ああ」

戸惑いながら頷(うなず)く。

するとメイドが入ってきた。

メイドは二人で、ぺこりと俺に一礼した。

「お召し替えに参りました」

「う、うん――え？」

俺はまたまた驚いた。

さっきの男の方を向くと――いなかった。

直前までそこにいたはずなのに、メイドが入ってくると姿も形もなかった。

部屋の中を見回す――やはりいない。

「ご主人様？」

メイドが不思議がって、俺を見る。

「ねえ、今誰かいるの見なかった？」

「え？　いえ、私には……あなたは？」

「私も見てませんが……」

メイド二人は、俺の質問に困惑した。

俺も困惑した。

今のは幻？　いやいや。

はっきりといたはずなんだ。

とはいえ今はいない、探しようもない。

俺は諦めて、まずはメイドたちに着替えさせてもらった。

パーティーの正装から寝間着に着替えさせてもらったあと、メイドたちはしずしずと一礼して、部屋から退出した。

「ふう……」

俺は一息ついた。

パーティーで立ちっぱなしで喋りっぱなし、喉がガラガラになってるから、ベッドの横にある水差しから水を飲んだ。

水差しに手を伸ばすことなく、海神の力を使った。

水がにょろりと、まるで生きもののように水差しから出てきて、俺の口に向かってきた。

口を開けて、それを飲む。

正直、こっちの方が楽だ。

こと水に限れば、手を伸ばして水差しからコップについで飲むよりも、水を操って直接口に入れてしまった方が楽だ。

食事だとこれはできないから、今まで通りの食べ方になるけど。

そうやって、喉の渇きを潤すと——スタッ。

目の前に、再びあの男が現れた。

「うわっ！　ま、また出た！」

「やはり、あなたが神か？」

「え？」

さっきとまったく同じ言葉を言われた。

いや、同じってわけじゃないぞ。

〝やはり〟って前につけた。

確信した言葉だ。

ただ聞くだけじゃなくて、確信したものを念の為に確認する——みたいな言葉。

「な、なんのことを言ってるんだ」

「今なさったこと」

「え？　ああ、水を飲んだ？」

「はい、それはまさしく神力によるもの」

「しん……りき？」

「神の御力でございます」

「……ああ」

言われてみればそうかもしれない。

今使ったの、海神の力だからな。

神力と言われればまあその通りだ。

「えっと……」

「大変失礼致しました。名乗りもせず神を問い詰めるなどという不敬を」

「ううん、それはいいんだけど……でも、名乗ってくれると助かるかな」

「はい！」

男は居住まいを正した――と思った次の瞬間。

なんと、床に両手両膝をつけて俺にむかって頭を下げてきた。

「私の名はニコ・ヴァルナ。ルイザン教ゲオルク支部の司祭を仰せつかってるものです」

「ルイザン教……あっ」

それは知ってる。

さすがに、知ってる。

ルイザン教というのは、この世界で一番大きな宗教団体だ。

各地に教会があって、かなりの勢力を誇っている宗教だ。

そこまでは知ってる。

わりと一般庶民の間でも常識だ。

ただ俺は前世もそうだったが信徒じゃなかったから、それ以上詳しいことは知らない。

「えっと、そのニコ……さん？　が僕になんか用なの？」

「はっ、神が再臨したかもしれないと報告がありましたので、確認にあがりました」

「え？　僕？　僕があなたたちの神だというの？」

「はい、そうですが？」

それが何か？　って顔をするニコ。

ぽかーんとしている。

「えっと、人違いじゃない？」

「お戯れを、神はこの世でただ一人。唯一無二の存在であります」

「唯一無二……」

「あなた様が神力を使う以上、我らが唯一にして絶対なる神であられることは疑いようのない事実」

「で、でも」

俺は戸惑った。

疑いようがない事実って断言されたけど、ちがうんだよ。

まだちょっとあれだから、百歩譲って俺が神だとしても、それは海神だ。

水の力と海を自在に操れるから、それは間違いない。

彼らの、ルイザン教の神なんかじゃないはずだ。

「ほら、他の神とかいるじゃない？」

「そんなものは存在しない。神は神、唯一にして無二で無謬なる存在であります」

「あっ……」

一神教か。

「で、でも。ほら、邪神とか？」

「またまたご冗談を」

ニコは笑った。

「神が邪な存在であるなど、そんなものは無知蒙昧な人間の戯れ言でありましょう」

「お、おおう……」

俺は盛大に戸惑った。

この一連の、決して長くないやり取りだけでもよく分かった。

ニコは敬虔なるルイザン教の信者だ。

そしてルイザン教というのは、よくも悪くも、神は何があっても一人だけっていうのが教義らしい。

すなわち、海神という、どう考えても彼らの神ではなくても、彼らは「神」であるという事実のみで神だと崇める。

他の神が間違ってるわけじゃない、邪神とかもいるわけがない。

神は一人だけ！

それはそれですっきりしてて、見てて爽快感すら感じるのだが……見るだけなら。

実際矢面に立つとちょっとあれだった。

「えっと……その」

「はっ」

「ぼ、僕が神なのは分かった、それでいい」

「はい」

「僕に、何をしてほしいの？」

「はっ。是非とも、我らに新たな道を指し示してください」

「新たな道？」

どういうことだろうか？

「神がいらっしゃらなかった間も、残念ながら人間が変わることはなかった」

んん？

なんか……口惜しげな感じで言ってるぞ？

ちょっと芝居がかってるけど、いや、これはニコの平常運転か？

「それを神は以前からご指摘された。故に、神が不定期ながらも降臨し、我ら人間の間違いを正すと言ってくださった」

「間違いを正す……ああ、それで新たな道」

話は分かった、分かった……けど。

「もし、前と違うことを言ってたら？　ルイザン教の教会だって、色々文書や口伝（くでん）やらで、神の言葉を伝えていくんだよね」

「神のおっしゃることは絶対」

ニコはまずそうだ、って感じで言いきった。

「しかし人間は間違えることがある、たった数人程度の伝言ゲームでさえ色々とゆがめていくのだから、神のお言葉を蒙昧なる人間が間違って伝えてしまうことが大いに考えられる」

「あ、うん」

「神は間違えない、しかし人間は間違える。であれば、神の直接のお言葉と我らが覚えている神のお言葉、どちらを信じるべきかは自明の理！」

お、おう……。

ものすごく力説された。

それは全て「神は絶対」という大前提に添ったものだから、妙な説得力があった。

初めて聞く話なのに、俺が「なるほどそうかもしれない」と思うようになったくらいだ。

えっと、どうしよう……。

確かに今の俺は神かもしれない。

でもそれは海神で、たぶん彼らの神じゃない。

そんなんで何か言ってしまうのは……いろいろ影響大きすぎてまずそう。

「……きょ」

「今日のところは帰ってくれないかな。えっと……まだその時じゃない」

追い詰められた俺は、それっぽいことを言ってみた。

いくらなんでもこんなんでごまかされないだろ——。

「大変失礼致しました！」

ニコはパッと頭を下げた。

「まだその時じゃない……神の御心を理解せずに迫るなど……あるまじき行為！」

「え？　いやそれは……」

「たしかに！　再臨した神からお告げがないのはその時じゃない以外ありえないこと！」

「え、えっと」

「委細(いさい)承知致しました！　その時が来るのを静かにお待ちしております！」

ぱっ、とニコが消えた。

嵐のようにやってきて、嵐のように去っていった。

えっと、これは困ったぞ？

☆

翌日、避暑地にいるときの日課である、とりあえず皇帝のところに顔を出した。

皇帝は庭で、メイドたちの給仕を受けてくつろいでいた。

相変わらず皇帝は厚着で、それを不思議にも思わなくなったメイドが横で大きなうちわで扇いでいる。

「おはようございます、陛下」

「おお、よく来たなマテオ。うむ？　どうした、目の下にクマができているぞ。寝不足か？」

「うん、ちょっと考えごとが」

昨日はあれからよく寝れなかった。

さすがにちょっと……なあ。

「ねえ、陛下」

「なんだ？」

「陛下はルイザン教って、知ってる？」

「うむ、無論知っているぞ。この世で一番やっかいな相手だ」

「一番やっかいな？」

俺は首を傾げた。

「一説によれば、帝国臣民の五分の一はルイザン教の信徒だ」

「五分の一……」

「数が多いのもそうだが、奴らは団結力が高い。教皇が一言『神が帝国を撃ち倒せとおっしゃった』などと言い出そうものなら、次の日から臣民の五分の一は敵軍……敵国になる」

「うへぇ……」

なんか予想以上にすごかった。

そんなすごい連中に祭り上げられそうなの、俺。

47 ノンストップエンペラー

「ふむ……」

俺が困惑している一方で、皇帝は何かを思って、あごを摘まんで思案顔をした。

「どうしたの、陛下」

「いやなに、ルイザン教の連中が少し羨ましいなと思っただけだ」

「羨ましい？」

俺はびっくりした。

皇帝が「羨ましい」っていう相手がこの地上にいるのか。

「ど、どうして？　ルイザン教はすごいけど、でも帝国臣民の五分の一でしょ、大きくても。やっかいなのは分かるけど、羨ましいっていうのは言い過ぎなんじゃないかな」

「そんなことはないさ」

皇帝はフッと笑った。

「何回もマテオはその場に立ち会っているから分かっていると思うが、余がマテオに何かをしようとしたら、大臣やらが出てきて、やれ前例がないだの、やれやり過ぎだのと水を差してくるであろう？」

「う、うん。そうだね」

前例がないのはいいけど、やり過ぎなのは俺自身そう思う。

「その度に、余は横車を押してきた」

「してたね」

その時の言葉、毎回のように言う言葉を俺は覚えてる。

『帝国の全ては皇帝の一存で決めてよいのだ。そして今の皇帝は余なのだよ』

皇帝は毎回のように、こう言って無理を押し通している。

「それがどうしたの？」

「余が何かをしようとしても、伝統やらなにやらで諫めてくるものがいる。皇帝はその程度だ。しかしルイザン教は違う。あそこには――」

皇帝はフッと笑った。

にやり、とも見えるような感じで笑った。

「――神の言葉を疑う者はいない。神が何かしようとする行為をとがめる者はいない」

「……え？」

なに、それ。

……マジで？

つまり……それって……。

皇帝みたいなことを、まったく止める人がいないってこと？

俺は慌てた。

予想以上の大事だ。

まさかそれほどまでとは思わなかった。

「それにな」

「え？」

「帝国臣民の五分の一とはいっても、質が違うのだよ」

皇帝はにやりと笑った。

にやりと笑った？

今の話でにやりって……なんで？

「マテオはどう思う？　帝国臣民で、余のために死ねるという人間が何割いるのか」

「え？　えっと……たぶん、そんなにいないんじゃないかな」

「その通りだ。何割とは調べてないが、一割もないだろうな」

「うん、そうだよね」

そういうもんだ。

皇帝の命令には従っても、さすがに皇帝のために死ねるという人間はそうザラにはいない。

一割なんか絶対にいない。

「しかしな、ルイザン教の信者は、神のためなら喜んで命を投げ出すものは、少なく見積もっても五割は超えるだろう」

「ご、五割」

「死んでも殉教者（じゅんきょうしゃ）として天に召されるのだ、喜んで命を投げ出すものは多い。それがどういうことなのかというと――」

皇帝はさらににやりと笑った。

「たとえ信徒が臣民の五分の一だとしても、いざとなればそれは帝国と同等以上の力を持ちかねない。余とて、容易に逆らえる相手ではないのだよ」

ますます、ヤバい感じなのだと思った。

☆

皇帝と別れて、俺は海底にやってきた。

女王たちに見守られる中、俺は「マテオ」の肉体にレイズデッドをかけた。

全魔力が持っていかれて、俺は、「マテオ」の肉体に戻った。

目の前にあるのは「海神」の肉体。

手を出して、さっきまで自分がいた肉体をペチペチしてみた。

「「「おおおお」」」

人魚たちから歓声が上がった。

「成功だね」

「さすが海神様」

「一つお願いをしてもいいかな」

「なんなりと」

女王は詳しい内容を聞く前に快く引き受けてくれた。

「この肉体を海の底で保管してほしい。たまに僕がやってきて、必要に応じて入れ替わるから、こっちの肉体になったときも保管しててほしい」

「たやすいご用です」

「ありがとう」

「ねえマテオ、ずっと海神の体でいなくていいの？」

「どっちも使える方がいいからね」

もっと言えば、選択肢・手持ちの武器が多い方がいいと思う。

俺がいつも本を読んでるのと同じ、知識を多く持つのと同じこと。

自由に（今のところ一日おきって制限はあるけど）入れ替えられる肉体があるのなら、どっちも使えるようにした方がいいのは間違いない。

「ふーん、よく分かんないけどそういうものなの」

「そういうものだと思う」

「海神様、保管場所はこの宮殿の中を考えてますが、いかがでしょうか」

「うん、その方がいいと思う。海の底なら安心して任せられるし、僕も自由に来られるからね」

「はい。では、誰も立ち入ることのできない結界の中に保管します」

「そういうことができるの？」

「はい、あらゆる生きものが通れない海の結界を張ることができます。もちろん、海神様を阻むことなどできませんが」

「そうなんだ。うん、それはすごくありがたい。海の底と、結界。二重に安全だね。ありがとう」

「恐縮です」

俺にお礼を言われて、女王は嬉しそうに頭を下げた。

☆

「光栄でございます、マテオ様にルイザン教のことを直に話すことができる日が来ようとは」

避暑地の街の中にある、唯一の教会。

皇帝の避暑地が自然と街の体を成しているせいで、自然的にそこの住民が必要とする教会もある。

海の底から水間ワープで陸上に戻ってきた俺は、教会に来て、神父を捕まえて話を聞いた。

皇帝の寵臣である俺のことは神父も知っていた。

そんな俺が「ルイザン教のことをよく知りたい」と言ったら、神父はものすごい「営業スマイル」で宣教する雰囲気を纏いだした。

これはものすごく長くなる、放っとけばものすごく長くなる。

俺は知りたいことだけを聞くために、こっちから質問して誘導することにした。

「僕の知識だと、ルイザン教の神様は一人だけなんだよね」

「はい、おっしゃるとおりです」

「それって、やっぱりルイザン、って名前の神なの？」

「いいえ、ルイザンは創始者の名前、初めて神託を受けた男の名前です」

「あっ、そうなんだ」

てっきりそれが神の名前だと思ってたけど、まあ創始者の名前のパターンもよく見かけるから、そこには特に疑問はなかった。

「それじゃ、神様の名前は？」

「神は神でございます、御名など、我々人間が軽々しく口にしてよいものではございません」

「そうなんだ。でも、それじゃ不便な時とかはないの？」

「ございません」

神父は言い切った。

「神は神。唯一にして絶対なる存在でありますので、『神』で充分でございます」

「そっかー」

なるほど、ブレない。

「他にも色々宗教があって、別の神様を崇めてるみたいなんだけど、ルイザン教はそのことをどう思ってるの？」

「向こうはともかく、我々は兄弟のようなものだと思っています。同じ神を信仰するもの同士なのですから」

「同じ神？」

いや、そうじゃないだろう、と思った。

他の宗教はそっちの神がいるんだから。

「神は唯一にして絶対なる存在。我々と他所が崇める神が違うのは、神がその時の状況に応じて、蒙昧(もうまい)な人間を導くために最適な身分や見た目を変えられたからです」

「わー……そうなんだ」

というか、そうきたかー。

「でも、複数の神様がいるのもあるよね」

「同じことでございます」

神父は何一つ動揺(どうよう)することなく言い切った。

「神が必要に応じて複数の存在として降臨しているだけのことです。例えばダクス教では、常に神と邪神の戦いの歴史があると説(と)いておりますが、常に神が最終的に邪神を撃ち倒している」

「あ、うん。そうだね」

ダクス教のことはよく知らないけど、宗教の話でそういうパターンが多いのは知ってる。

「神が身を挺(てい)して、悪は滅びろ、正義は必ず勝つ、と人間に教えているのです」

なるほど、ブレないなー。

そこから先の話は聞き流した。

本質は分かった。

ルイザン教の「神は一人だけ」という教義は、この先どんなことを聞いたとしても「ぶれないなー」という感想を持つだろうと確信した。

皇帝が敵に回したくないと言ったのもよく分かる。

「迷いのない人間」ってのは恐ろしいもんだ。

ルイザン教の教義ははっきりしてて、あらゆる状況に対応できるものだから、信徒は絶対にぶれないいんだろうな。

それが俺に向けられるのか。

そんなルイザン教に崇められるのか。

なんというか……どうしようっか、って思った。

「神父様」

そうこうしているうちに、修道女が一人入ってきた。

「なんだ、今マテオ様に――」

「そ、総本山からのお達しです」

慌てた修道女は、仰々(ぎょうぎょう)しい書状をもっていた。

「むっ!? マテオ様、少し失礼してもよろしいでしょうか」

「うん、大丈夫。というか僕もそろそろ行かなきゃだし」

「そうでしたか。今日はありがとうございました。またお話しできる機会がありましたら」

「うん」

俺は立ち上がって、部屋から退出した。

すると、俺がいた部屋の中から、声が漏れて聞こえてきた。

『なんと！　神が降臨する⁉』

さっきの神父の驚愕した声が聞こえた。

何事⁉　と思って立ち止まって耳を澄ませた。

『本当ですか？　神父様』

『うむ。これによると、神の降臨は近い、信徒はすべてその日に備えよとのことだ』

『本当に近いのでしょうか？』

『間違いない、司祭様や教皇様などは神の御力を感じられるという。今まで何回か神は降臨されたけど、すべて前もって分かっていた』

『じゃあ、本当に』

『うむ！　おお……天にまします我らが神よ、また我らを導いて下さるのですね』

……おおう。

☆

俺は水間ワープで宮殿にやってきた。

驚く門番にぺこりと会釈して中に入る。

門番が驚く原因は分かってる。

マテオの肉体で来たからだ。

海神になったんじゃ？　っていう驚きだ。

それは誰も同じで、だから俺はマテオと海神の肉体で自在に入れ替われることを皇帝に話しに来た。

宮殿の中に入ると、バタバタしているのが分かった。

「あっ、ベルンハルト様」

皇帝がこの避暑地に連れてきた一番の側近、ベルンハルトが急いでる感じでこっちに来ているのが見えた。

名前を呼ぶと、ベルンハルトは一応足を止めてくれた。

「マテオ殿!?　その見た目は……ああいや、何か用か。いま忙しいのだ」

「何かあったの？」

「ルイザン教が、神は近く復活すると言い出した。その対応に追われている」

ああ。

こっちにも伝わったか。

いやまあ、それ国中にすぐに伝わるだろうな。

「とりあえずは寄付を倍にすると陛下はおっしゃったから、その対応だ」

「寄付を倍に⁉」

「そうだ」

そっか、皇帝もルイザン教は敵に回したくないって言ってたっけ。

そりゃ寄付も増やすか。

「まったく……陛下ときたら」

「え？　なんかあったの？」

「寄付を倍にすると言ったとき、陛下は実に楽しそうに笑っていたのだ。ルイザン教の神が本当に降臨したらそれどころじゃないのに」

ベルンハルトはため息をついて、不満を口にした。

そのまま「では！」と立ち去った。

俺は少し考えて、分かった。

皇帝が楽しそうな理由を。

ルイザン教相手ならしょうがないだろ？　ってことで。

皇帝は間接的にだが、誰にもとがめられることなく俺を溺愛(できあい)できる状況を楽しんでいるのだ。

48 神至上主義

ベルンハルトを見送ってから、俺は再び、謁見の間に向かって歩き出した。

皇帝は今そこにいると聞いたからだ。

謁見の間につくと、数人の官吏が出てくるところと出くわした。

官吏たちは俺を見て驚く。

俺はにこりと微笑んで、挨拶をした。

「こんにちは」

「あ、ああ。マテオ……様、ですね？」

たぶん俺が沈没船を引き揚げる時に立ち会っていたんだろう。

それで海神の俺の姿を見て、今のマテオの姿に戸惑っているんだろう。

「うん、陛下はこの中にいるの？」

「はい、おられます」

「ありがとう」

俺はそう言って、会釈をして、謁見の間に入った。

「あっ……」

瞬間、俺は皇帝に見とれた。

一人で玉座に座っている皇帝は、どこか物憂げな感じの空気を帯びている。

それがいつにもまして美しかった。

「やっぱり綺麗だ……」

と、思わず声に出るくらい美しかった。

「えっ……マテオか⁉」

俺の声に反応してこっちを見た皇帝は驚いた。

ベルンハルトや保管の官吏たちとまったく同じ反応だから、それに慣れた俺は近づき、所定の位置で立ち止まって、皇帝に向かって一礼した。

「うん、僕だよ？」

「その姿はどうしたのだ？」

「そのことを報告しに来たの。実は、海神の肉体と自由に行き来できるようになったんだ」

「なんと⁉」

皇帝はますます驚いた。

「それはつまり、どっちの体を使うのか好きにできるということなのか？」

「うん！」

「おおっ！　さすがマテオ。そんな話聞いたことないぞ」

「実は僕も、ちょっとだけびっくりしてるんだ」

「あはは、マテオは冗談もうまいな」

冗談ってわけじゃないんだけど、まいっか。

「それよりも……陛下、ちょっと聞きたいことがあるんだけど」

「なんだ？」

「ルイザン教にする寄付を増やしたって聞いたんだけど、それって本当？」

「うむ、本当だ」

皇帝はにやりと笑った。

「もともと、皇室からルイザン教に寄付はしていたのだ。皇太后などは敬虔（けいけん）な信者で、朝晩の礼拝は欠かさず、巡礼にも出るほどだ」

「そんなに⁉」

「帝国では後宮が政治に口出しするのは御法度（ごはっと）とされているからな、それは皇帝の生母たる皇太后でも例外はない。直接的な口出しを禁じられているせいで、歴代の皇太后は九割近くがルイザンに帰依（きえ）して『祈って』きた」

「そうなんだ……」

何もできないから神頼みってわけか。

「そのルイザン教が、近く神が再臨すると聞いて、皇太后にそれを知らせたら大層喜んでおられてな」

皇帝はさらににやり、と笑った。

「余(よ)の在位中に再臨するなどめでたきこと、これは大いに寄付を増やさなければと仰(おお)せつかったのだよ」

「そ、そうなんだ」

「寄付することは元々だし、悪いことではない。それの増額を母である皇太后に頼まれれば断るわけにもいくまい」

二の句が継げなかった。

皇帝のそれは、大義名分が完璧(かんぺき)だ。

特に、民衆に向けても。

皇室が日々贅沢三昧(ぜいたくざんまい)してると思う民衆は結構いる。

同じ金を使うにしても、帝国の五分の一が信徒といわれているルイザン教への寄付ならば、誰もとがめることはできない。

「ふふ、困ったことよ。支出が増えるのだからな」

皇帝はなんというか……わざとらしく口笛を吹く、みたいな感じで言ってきた。

「この先ますますルイザン教への寄付が増えるだろうな、いやはや困った。神が再臨したら何か要求してくるのかな、いやあ困った」

困ったと言いながらも、まったく困ってない顔でちらちらと俺を見る皇帝。

俺を溺愛（できあい）できる口実ができて、本当に嬉しそうな顔をしている。

「たぶん、そんなことはないと思うよ」

「なに⁉　なぜだ⁉」

なぜおねだりしない！　って聞こえた。

俺は苦笑いしつつ、答える。

「だって、相手は神様なんだから。神様が直接人間におねだりするってことはないんじゃないかな」

「むむむ……」

いやむむむじゃないだろ。

「な、何も言ってこないというのか？」

「うっ」

皇帝がなにやら「すがる」感じで聞いてきた。

罪悪感を覚えてしまう。

「ま、まあ。ないわけじゃないのかな？　本で読んだ感じだと……」

俺は少し考えた。

皇帝ができないことを、本で読んだ知識から探す。

「神の花嫁、とかかな」

「は、花嫁？」

「うん。神話とか、言い伝えとか。あるよねそういう話」

「う、うむ。あるな」

皇帝はたじろぎながら頷く。

「なるほど……神の……花嫁……」

そしてなぜかうつむいて、あごを摘まんで真剣な顔で考え出した。

その顔は、俺が謁見の間に入ってきた時の、物憂げな顔と同じように、美しく見えるものだった。

☆

謁見の間を辞して、宮殿から立ち去る。

途中で路地裏に水の張った甕を見つけたから、それを使って水間ワープで屋敷に飛んだ。

誰かと鉢合わせになって驚かしてしまうのも良くないから、屋敷の裏の井戸に一旦出た。

井戸から、改めて屋敷に戻る。

今後は、自分の寝室にも常に水を張っておくか。

ああ、水槽とか置いておくといいのかもしれない。

「あっ、ご主人様――ご主人様？」

メイドと遭遇した。

メイドは俺の姿を見て驚いた。

俺は「あはは」と笑いながら、

「元の姿にも戻れるから、みんなに教えといてね」

「そうなんですか？　すごい！　分かりました‼」

メイドはパッパッと頷き、一瞬で話を受け入れた。

「それよりも、僕になんか用があったの？」

「あっ、そうでした。ご主人様にお客様です」

「客？」

「お二人いらっしゃってます。代表の方はニコ・ヴァルナと名乗ってます」

「ニコさん？」

って、あのルイザン教の司祭で、「あなたが神か？」って聞いてきた人じゃないか。

その人がなんで？　しかも正式に訪ねてくるなんて。

「……」

少し考えたけど、無視はあり得ないな。

今渦中のルイザン教。

知らないところで何かをされると困ってしまう。

まだ、会って話をした方がいい。

「分かった、案内して」

「はい」

メイドに案内されて、俺は応接間に入った。

そこには先日会ったニコと、もう一人の男がいた。

ニコは俺を見て、首を傾げた。

「お前……いや、君はなにものだ？」

ああ、マテオの姿だったな。

マテオの姿を知らないニコが不思議がるのも無理はない。

「マテオだよ」

「むっ？」

「今は事情があってこっちの姿をしてるんだ」

「むむ……」

「もういいよ、後は僕たちだけにして」

俺がそう言うと、案内してきたメイドが退出した。

ニコが複雑そうな顔をしたのが見えた。

海神ボディの俺じゃないが、マテオボディの俺はこの屋敷の主だってメイドの反応で分かる。

それで反応に困っているのがありありと分かった。

俺は二人の向かいに座った。

「それで、僕にどんな用なの？」

「あ、ああ。実はこの――」

「ドミトリ・ミルケという」

もう一人の男が名乗った。

「ドミトリが、神の再臨を信じてくれなくて。それで神に証拠を賜(たまわ)ればと思って、来たのだが……」

そう言って俺を見る。

なるほど、神力を見るために来たらマテオボディで当てが外れた、というわけか。

「ニコよ、これはどういう冗談だ？」

「いや、待ってくれ。本当に神なのだ」

「神の再臨などという嘘を流布(るふ)した罪は重いぞ。裁判にかけられることを覚悟するがいい」

「ちょっと待って、裁判ってなに？」

「ふん」

ドミトリが鼻で笑った。

子供が――って感じで見下してくるのがありありと分かる反応だ。

「神を騙ったのだ、それなりのバツが必要だろう？」

「そんな」

ニコは顔面蒼白になった。

ガタガタと震えだした。

よっぽどのことをされるのか？

さすがに、それは見過ごせなかった。

昨日の今日だけど――。

「ちょっと待ってて」

俺はテーブルの上に置かれている、客に出した飲み物で、水間ワープを使った。

海底の宮殿の、海神の体が保管されている場所に飛んだ。

「海神様！」

そこを守っている、二人の人魚が泳いで俺に近づいてきた。

俺を、笑顔で出迎えてくれた。

「体を使うよ」

「はい！」

「どうぞ」

俺はレイズデッドを海神の体にかけた。

次の瞬間、視界が逆転して、目の前がマテオボディから海神ボディになった。

自分の体を念の為に確認する、うん、ちゃんと海神だ。

「よし。じゃあこっちの体も保管よろしくね」

「はい！」

「このままここに置いておけばいいんですか？」

「うん」

俺は頷き、二人にお礼を言ってから、再び水間ワープで飛んだ。

地上の屋敷の、応接間に。

「あっ――」

「むむっ‼」

「戻ったよ」

海神ボディとして、二人の前に立つ。

するとニコはほっとして、ドミトリは震え上がった。

「い、今のは……本当に……」

「神力だ。分かるだろう」

「も、申し訳ありませんでした‼」

ドミトリはパッと起き上がって、俺に向かって五体投地(ごたいとうち)した。

なるほど、悪い人じゃないのか。

とことん神至上主義、ってだけらしい。

「納得してもらえてよかったよ」

これならニコは大丈夫だ、と、俺はほっとして再び二人の前に座った。

「あっ、ドミトリさんも起きて、そんな平べったくなられると困っちゃうから。さっきと同じように座ってて」

「は、ははー」

ドミトリは俺に言われて、ものすごく恐縮したまま起き上がって、縮こまってさっきと同じ席に座ろうとした。

動揺(どうよう)しすぎたのか、ソファーの端っこにぶつかって、何かが落っこちた。

「なに、それ？」

「私は不要だといったのだが」

ニコは困った顔で言った。

「ニコ！」

ドミトリは止めたが、ニコは続けた。

「神の真贋を判定するために、念の為に持ってきたものです。神の心臓、と我々は呼んでいる聖遺物です」

「聖遺物か」

つまり、前の神が残していったものか。

「わ、私が悪かった！　このようなものを持ってくるなど神への冒瀆。許されることではないのは分かっている。だが、なにとぞ」

再び平べったくなるドミトリ。

今度はテーブルの上で両手をついて頭を下げた。

それで溜飲が下がったのか、ニコはすっきりした顔をしている。

「そうなんだ。それよりも、それを見せてくれないかな」

「え？　あ、はい！　どうぞ！」

ドミトリは慌てて、恭しく石を差し出してきた。

俺はそれを受け取った――直後。

石が光った。

「な、なんだこれは！」

「神の奇跡だ！　聖遺物が神の手に戻られたのだ、当然だろう」

「そうか‼」

納得する二人。

いや、そうじゃない。

俺は分かる、そうじゃない。

これは神とはまったく関係ない。

これは――オーバードライブだ。

神の心臓は光に溶けて、俺にまとわりついた。

「……ああ」

「ど、どうだろうか」

「うん」

俺は頷き、ファイヤーボールを使った。

魔力をレイズデッドで一気に使ったが、時間の経過でファイヤーボール一回分は回復した。

ファイヤーボールはまずティーカップの一つを燃やした。

それを燃やした後、まるで「伝染」するかのように、もう一つのカップも炎上した。

さらに俺のも、三つ目のカップも炎上した。

カップが全部炎上した後、「伝染」は止まった。

「魔法が、全体化されるみたいだね」

「魔法の全体化⁉」

「そんなの聞いたこともない……」

「神を疑うのか？　自分の知識を疑え」

「あ、ああ！　そうだな！」

　慌てて頷くドミトリ。

　ニコとドミトリは、ものすごい信者的な目で、俺を見つめるのだった。

49 神、降臨

次の日、この日はまた、皇帝と海を眺めていた。

砂浜に神輿を置いて、その神輿の上に乗る。

皇帝の代理という形で雰囲気が似ている美女たちが波打ち際で遊んでいるのを眺める。

俺と皇帝は神輿の上に乗ってて、エヴァが俺のそばで寝そべっている。

海神ボディの俺のそばでだ。

「やはりお前はマテオなのだな」

俺とエヴァを見て、皇帝はふっと微笑みながら言った。

「今朝までなんだかんだで半信半疑だったが、レッドドラゴンがああして懐く以上本当なのだな」

「陛下に嘘はつかないよ。信じてもらえないのはしょうがないと思うけど」

「マテオにはいつも驚かされてばかりだ。これからもさらに驚かされることになるのだろうな」

皇帝は楽しげに言った。

「あまり驚かさないように気をつけるね」

「それはもったいない、もっと余を驚かせてくれ。マテオがもたらす驚きは心地よい」

「そうなの？」

「うむ」

「そっか……」

そういうことなら今まで通りでいっかー、と思った。

「さあて、そろそろ、こことともお別れだな」

「お別れ」

「うむ。夏休みも終わりだ、そろそろ帝都に戻らねばな」

なるほどそういう話か。

確かに、ここに避暑に来てしばらく経つ。

徐々にだが、夜になると肌寒い日も増えてきたし、日中も今のように決して暑いとまではいえない日が続く。

「避暑」は着実に終わりに近づいてるとは俺も思う。

思う、が。

「でも、陛下って夏休みというほど休んでないよね。ここに来てても毎日のように政務をしてたし。今朝だってなんか大事なことを話してたみたいだし」

そうなのだ。

実はこの砂浜でくつろぐのは、最初はもっと早い時間帯に始める予定だった。

しかし皇帝の元にまた重大な知らせが舞い込んできたから、その対処に追われて開始が少し遅れた。

「そのことでマテオには感謝をしているよ」

「僕に？」

「また反乱が起きた。マテオがもたらしてくれた空軍——亜竜のおかげで最速の知らせと対処ができた」

「そっか、それで海辺に来るのが遅れたんだね」

「それもあるが、ついでに一つ決議をしてきたのだ」

「決議？」

「マテオの亜竜は確かに速い、しかし乱用してしまってはやがて何が緊急なのかが分からなくなるだろう。余の体は一つなのだから」

「それって良くないことなの？」

「真に緊急な時だけ使うようにすれば、亜竜で届けられたものは吟味（ぎんみ）なしで余のところにあげてこられる。普段から乱用しては、余のところにあげるべきかどうかで一度大臣らの吟味が入る。あいつらの吟味はやっかいだぞー？　下手（へた）したら余に報告するべきかどうかというだけで

「そうなんだ!?」

それは驚きだ。

「そうなってくると、亜竜の速度が意味を成さなくなる。だから今朝は、必ず余にあげるべき事柄を制定して、それらのことだけに使うようにという取り決めをしていた」

なるほど。だから遅れたのか。

エヴァを通して、亜竜を十頭くらい帝国に預けた。

その十頭の使い方を俺は深く考えなかったが、皇帝は色々と考えてたみたいだ。

皇帝って頭いいな、と思った。

俺の中身は六歳の子供でもなく、十二歳くらいの少年(マテオ)でもない。

トータルで四十近い、いいおっさんだ。

そのいいおっさんがまったく思いもつかなかったことをこの皇帝はやっている。

純粋にすごいなと思いつつ、俺も普段からもっと深く物事を考えなきゃな、と思った。

ふと、そばに寝そべっていたエヴァがビクッとして、体を起こして空を見上げた。

「どうした？　エヴァ」

「みゅー」

小さい姿だから、エヴァは可愛(かわい)らしい鳴き声で答えた。

「空？」

その鳴き声でも俺には通じる。

俺は空を見上げた。

すると、ぱっさぱっさと、一頭の亜竜が羽を羽ばたかせながら着陸してくる。

神輿のすぐ前に落ちた影は徐々に大きくなっていく。

まわりを囲っていた衛士が慌ててやってきて、皇帝の前に人の壁を作った。

「よい。マテオがいる。その方らは下がれ」

皇帝の命令が出たから、衛士（えいし）たちは人の壁を解いて、直前までいたそれぞれの持ち場に戻っていった。

「ふふっ、恐ろしいものだな」

「え？」

「余のまわりはその者たちが守っている。今までの常識なら鼠（ねずみ）一匹逃さないレベルの厳重な護衛だ。しかし、空から降りてくるものにはまるで無力。今のも、下降がもっと早ければ護衛が集結する前に余に攻撃を加えることができた」

「そうだね……うん、僕もそう思う」

「空軍……いずれもっと拡大しなければな。助けてくれるか、マテオ」

「うん、任せて」

皇帝のことは嫌いじゃない。

力になれるところがあるならなりたいと素直に思った。

そうこうしているうちに、亜竜が神輿の前に着陸した。

その背中から一人の男が飛び降りて、神輿の前にパッと跪いた。

「ご注進申し上げます！　ガーリスにて反乱発生。民衆の蜂起です」

「ふむ」

皇帝は静かに頷いた。

その表情は一瞬で厳ついものになった。

皇帝は手をすぅ、と横に伸ばした。手の平を上にだ。

すると報告に来た男が書状か何かを差し出し、衛士の一人がそれを受け取って、神輿にやってきた。

神輿の前で別の使用人が受け取って、その使用人が神輿の上の女官に渡して。

そうして何重かの受け渡しをへて、ようやく書状が皇帝の手に届いた。

皇帝はそれを読んで――眉がビクッと跳ねた。

「どうしたの？」

「反乱だ、規模が大きい」

「そうなの⁉」

「しかも……」

「しかも？」

「ルイザン教だ」

「ええっ⁉」

声が出てしまうくらいびっくりした。

「ルイザン教って……どうして？」

「一部の原理主義者どもが民衆を先導して反乱をおこした。理由は、神が再臨する前に帝国を撃ち倒し、神に統べてもらう――というものだ」

「そ、それって……」

もしかして……俺のせいか？

俺のことがルイザン教に伝わった、だからこうなったのか？

言葉にせずとも、それが皇帝に伝わったようだ。

皇帝は書状を折りたたみながら、言った。

「いいや？　ルイザン教の原理主義者どもは元からこうだ。唯一にして絶対なる神を差し置いて、所詮は人間である皇帝が最高の権力者として振る舞っているのはおかしい、とな」

「そ、そうなんだ――ねえ、それってどうなってるの？」

「反乱軍は民衆を率いて北上、現地の守将は兵を率いて迎撃に出発。このままではガイエン湖周辺にて交戦に入る見込み、だそうだ」

「もう⁉」

「恐れながら申し上げます」

亜竜に乗ってきた男が口を開いた。

「なんだ、申せ」

「竜に乗ってきたここまでの時間を考えれば、既に交戦に入っているものかと。その程度の距離です」

「そうか。その規模だと……一〇〇〇人くらいの死者が出るな」

「――ッ‼」

皇帝があっさりと言い放った数字は衝撃的なものだった。

「エヴァ！」

俺はエヴァに手を触れた。

海神にとってのわずかな魔力で、エヴァをレッドドラゴンの本来の姿に戻した。

『偉大なる父マテオよ、どうしたか？』

「いくよ」

『承知した』

俺はエヴァの頭の上に飛び乗った。

エヴァは一瞬で空に飛び上がった。
「ガーリスのガイエン湖、わかる？」
『任せてパパ、最速で飛んでけばいいいんだよね』
空の上で、誰にも聞かれないからエヴァは娘の口調でいった。
そして、ものすごいスピードで飛び出した。
亜竜の三倍は速い速度で空を飛ぶ。
景色がものすごい勢いで後ろに流れていくほどの速さ。
それでも――遅いと思った。
こうしている間にも――。
ふと、視界にちらっと小さな湖が目に飛び込んだ。
「エヴァ」
『なあに？　パパ』
「あの湖の中に突っ込んで」
『え？　うん、わかった』
エヴァは一瞬戸惑ったが、何も聞かずに言うとおりにしてくれた。
空中で急速な方向転換をして、俺が指示した湖に向かって斜めに突っ込んでいく。
ノーブレーキで水の中に突っ込んでいった――瞬間。

水間ワープ。

俺は、繋がっているエヴァからガーリスのガイエン湖を読み取って、海神の力でそこに水間ワープした。

水面に突っ込んだのと同じ速度で、一瞬で変わった景色の場所で斜め上に向かって上昇。

すると——修羅場が見えた。

正規軍と民衆の反乱軍、それがぶつかり合っている地獄絵図。

「エヴァ、とにかく止めて」

『分かった、パパ』

即答するエヴァ。

直後、エヴァは人間を余裕で丸呑みできる巨大な口を開け放って。

『ぐおおおおおおおおお!!!』

と、咆哮した。

天地を震撼させるほどの方向。

空が割れ、大地が揺れる。

双方あわせて一万人はいるであろう戦闘中の集団であっても、全員がその咆哮に驚いて、戦闘が止まった。

「な、なんだ。あれは？」

「ドラゴン⁉」

「見ろ、人間が乗ってるぞ」

俺はエヴァとともに下降した。

空という、誰もが見あげれば視認できた場所だから、全員がこっちに目が釘づけになって、戦闘は止まったまま。

下降する俺の目に、それが飛び込んできた。

あっちこっちに散らばっている、両軍の死体。

既に数百人はいる死体の数々。

まさに死屍累々（ししるいるい）。

しかし——今ならまだ！

俺は目を閉じて、大地から魔力をもらった。

海神ボディだから余計に必要だが、大地が持ってる分は事足りた。

「レイズデッド・コンティジョン」

レイズデッドを唱えた。

オーバードライブしたままの神の心臓がそれを全体化した。

一人がよみがえった。

よみがえった者の体から光が次の死体に移った。

その者もよみがえった。

その光がさらに移っていき――。

やがて、死者が次々とよみがえった。

「ど、どういうことだ⁉」

「死んだやつが生き返った⁉」

「何が起きている‼」

あっちこっちから驚愕（きょうがく）の声が起きる。

戦闘どころじゃない。

その驚きと、戸惑いは、やがて一つの声によって裏返る。

「神様だ！　神様が降臨したんだ！」

その声で、まわりは一瞬静まりかえった後、波打つように広がっていく。

死者の蘇生（そせい）、神の御業（みわざ）。

その声があっという間に広がっていく。

民衆は全員俺にむかって跪いた、帝国正規軍も五分の一くらいは同じように俺に跪いた。

五分もしないうちに、戦闘は完全に、もはや再開しようがないくらい収まったのだった。

50 奇跡の結末

「なあ、あれはレッドドラゴンじゃないのか？」

俺にひれ伏していない、帝国正規軍からそんな声があがった。

「神」に少し遅れて、気づかれる「レッドドラゴン」。

さっきのに比べて控えめだが、それも同じように水を打ったかのように広がっていく。

「本当だ、レッドドラゴンだ」

「神がレッドドラゴンを従えているのか」

「だとしたらやっぱり本物？」

違うベクトルで、兵士たちは俺を神だと信じていく。

「そういうこともあるんだな」

『人間って自分が分かることしか分からないし、信じたいことしか信じないからね、パパ』

俺にだけ聞こえる程度の小声で、エヴァが言った。

「そういうものなんだね」

『そういうものだよー』

さて、ここからどうするか。

戦いは収まった。

このまま帰っても——おそらくは大丈夫だろう。

でも、念の為にもう一押ししときたい。

このままだと、何かのきっかけで戦いが再開するかもしれない。

どうしたもんかな……。

『ダメ押ししときたいの？　パパ』

「うん、このままだとちょっと不安だからね」

『だったらあたしに任せて』

「何かいい方法があるの？」

『もちろん。こういう民衆相手はお手のものだよ』

俺を背中に乗せたまま、首だけ振り向いて、ウインクしてくる。

威厳たっぷりの巨大なレッドドラゴンの姿で、そうやってウインクしてくるのは諧謔味たっぷりでおかしかった。

見た目はおかしかったが、エヴァは自信満々だ。

それなら——。

「じゃあ、お願いしてもいいかな」
『任せてよ！　パパの声を借りるね』
「僕の声？」
『うん』
なんだかよく分からないが、俺は「分かった。お願い」と言った。
エヴァは前に向き直って、地上に視線を向けた。
すぅ（というかサイズ的にゴォォォォ）と息を吸い込んだ。
そして、口を動かさないまま、声を出す。
『人間よ、愛する我が子らよ』
「「――っっ‼」」
反乱軍と正規軍、両方から息を呑む音の大合唱が聞こえてくる。
エヴァが出したのは、遠雷のように響いて、威厳を感じさせる声。
そして――俺のものに聞こえる声だった。
俺の声に威厳を上乗せして、エヴァの口調で語られる。
『我が子同士で、なぜ争い合う』
そう言った直後、両陣営が静まり返った。
どっちも――特にルイザン教の信徒側が複雑な顔をした。

「そういえば……そうなんだよな」

「なんで争ってるんだ？」

「なんでもいいんだよ、神様が嘆(なげ)くのなら、やる意味はねえ！」

「そうだそうだ！」

「これ以上は意味ねえ！」

「ってか最初から意味ねええ‼」

声と、勢い。

それは坂道を転がり出した雪玉のように、うねりをあげて大きくなっていった。

信徒側がそんな声をあげると、正規軍側は目に見えてほっとしだした。

誰の目にもはっきりと分かる、戦いは回避されたも同然だ。

しかし――。

「みんな騙(だま)されるな！」

その流れに抗(あらが)うものがいた。

ルイザン教側から上がった声は、他の信徒とは違って、立派な法衣を纏(まと)った初老の男だ。

そのまわりに何人か似たような格好の男がいて、全員が見るからにこの流れに反対しているって感じだ。

『あれが扇動者(せんどうしゃ)、首謀者(しゅぼうしゃ)だね』

「そっか、なるほど」
エヴァの言葉に俺は頷（うなず）いた。
扇動した人間なら、この流れは不本意だと思うのは当然だな。
その男はさらに言った。
「あんなのに騙されるな！　あれは偽者だ！　邪神の類（たぐい）だ！」
むむむ。
これはまずいかも。
偽者と言われると、俺に反論のしようがない。
なぜなら、本当に偽者だからだ。
俺はただの人間。
良くて海神（わたつみ）の肉体を動かせる人間だ。
今この瞬間も、扇動者の言うとおり神の偽者に過ぎない。
だから反論のしようがない。
これはまずい、流れ変わっちゃうか？
『大丈夫だと思うよ、パパ』
「そうなの？」
『うん——ほら』

エヴァに促されて、地上を再び見た。

すると――。

「何を言ってるんだ！　俺の弟を生き返らせてくれたんだぞ！　そんなの神様以外誰ができる！」

「うっ！」

「邪神なんかいないっていつも司祭様言ってるじゃないか。たとえ邪神に見えても、それは神が試練を与えるために姿を変えたものだって」

「ううっ‼」

「そもそも人間同士で争うなっていう神様の慈悲をなんで否定するんだよ！」

「うぬぬぬぬ……」

ルイザン教側の高位な神職者が、次々と一般信徒に論破されていく。

『ほらね』

「そうみたいだね。そっか……そうだったよねルイザンの教えって」

前にニコから聞かされたルイザン教の教えを思い出した。

神は唯一にして絶対。

たとえ邪神であっても、それは神が化けた姿でなんかの意味がある。

その教義が、一般信徒レベルまで浸透してるみたいだ。

盛大にブーメランが突き刺さった高位神官たちは、なすすべもなく追い込まれ、発言力がほぼゼロに等しくなるくらい低下していた。

☆

「レイズデッド・コンティジョン」

三日目の戦場、三つ目の戦場。

俺は今までと同じように、エヴァで駆けつけてから。

その後止まった戦闘に、さらに「神の言葉」を打ち込んでから、エヴァを駆って立ち去った。

レイズデッドは一日一回しか使えない。

だから帝国空軍に情報を集めさせて、戦闘が始まる順番を予想させて、一日に一カ所そこを回った。

そうして止めたあと、海の離宮に戻ってきて、庭で待つ皇帝の前に降り立った。

着地するなり、ちびドラゴンの姿にもどるエヴァとともに、皇帝と向き合う。

「ただいま、陛下」

「おお、戻ったか。首尾(しゅび)はどうだ？」

「うん、今日も止めた」

「そうだろうそうだろう、うむ、余は信じていたよ。さすがマテオだ」

俺から「成功」の報告を受けて、皇帝はますます上機嫌になった。

「そもそも失敗のしようがないのだ、マテオがやるのだから万に一つも失敗することはありえん」

「そうなの？」

「『命の恩人』というのは最大級の恩義だ。それに勝るものは存在しない。命の恩人が実は我々が信仰を捧げる神だった。信徒はますます信心を深め、神であるマテオの言葉に耳を傾けるだろう」

「そっか、それもそうだね」

皇帝にそう言われて、俺は納得した。

命の恩人と神のダブルコンボ……うん、確かにそれは強い。

「次、というか明日はどこかな？」

「うむ、それなんだが――もう大丈夫だと思う」

「え？　どうして？」

「マテオが出た後に次々と空軍の亜竜隊の知らせが戻ってきててな。神が実際に降臨した、というのが各地で広まっているらしい。なぜ争う？　と嘆いているのも含めてな」

「広まってるんだ」

「それでどこも動きが鈍くなっている。こっちから仕掛けない限りはもう戦闘が起こらないだろう、という判断が各所から上がってきた」

「すんなりと止まったね」

「もともと神が降臨するから、という理由で始まった反乱だ。神が実際に降臨した、といえば受け入れるものだろうさ」

「なるほど」

「……マテオよ」

皇帝はまわりを一度見回した。

まわりに人がいないのを確認して、それでも小声で言った。

「本音を言うとな、余はほっとしている」

そんな弱音を吐く皇帝は、なぜかか弱い少女に見えた。

「あのまま行けば、数百万人規模の乱、そして数十万人規模の死傷者が出ただろう」

「そんなに⁉」

「ルイザン教とはそういうものだ。神の御旗の元に、奴らはどこまでも突き進む」

「……そうなんだ」

今更ながら、俺はぞっとした。

数百万人規模の乱で……数十万人規模の死傷者……。

その数字に戦慄した。

「それが、マテオのおかげで、おそらくは数百人程度に収まるだろう」

「うん」

「助かったよ……マテオ」

皇帝は今までで一番。

真剣な目で、俺を見つめたのだった。

51 本当に神だった!?

数日後、海での避暑が終わって、俺は皇帝と一緒に都に戻った。

行きと同じように、帰りも皇帝と同じ神輿に乗って、見世物だか君臨してるんだかよく分からない大行列だ。

エヴァとかの空路でもなく、この夏休みの間に身につけた水間ワープでもない。

人間として当たり前の、ゆるゆるとして陸路での帰還だ。

ちなみにマテオボディで乗っている。

神輿は人目につきすぎる――権力誇示の意味合いもあってあえて見せている――から、反乱を止めたときにあっちこっちで顔を出した海神ボディはもしかしたら騒ぎになると思って、そっちじゃなくて普通のマテオボディで乗った。

海神ボディは海の底に置いてきたが、水間ワープでいつでも取りに行けるから問題ない。

「この中に」

「え?」

「何割、マテオの信者がいるのだろうな」

皇帝はいきなり、面白がっているような口調でそんなことを言いだした。

「僕の信者？　あっ、ルイザン教のって意味だね」

いきなり何を言い出すのかと戸惑ったが、一呼吸空けた後それを理解した。

「うむ。相当の数だろうな」

「五分の一じゃないかな、普通に。僕が反乱を止めたときも、正規軍の方にいたのもそれくらいだったし」

「今となってその程度では済まないのかもしれんぞ」

「え？　どういうことなの？　陛下」

聞き返すと、皇帝はにやりと口角を持ち上げた。

「あの一件以降、ルイザン教の動きを密に探らせているのだが」

密に……まあ、そりゃそうか。

反乱を起こしかけたんだから——いや実際には起きてるけど、俺が止めたし被害は微小だったから、頼み込んでなかったことにしてもらった。

公式記録ではそうなってても、皇帝の立場からすれば監視を続ける必要があるんだろうな。

「ここ最近、信徒の数が急増しているらしい」

「え？」

「入信、洗礼。そういったものの増加数は通常の十倍以上。実際にマテオの奇跡を目撃している者たちが戻っていた村などに限れば百倍のところもある」

「そんなに⁉」

「実際に奇跡を目撃したのだ、当然であろう。マテオだって、それを見られていると分かっているから、その姿に戻ったのであろうに」

「そ、それはそうだけど」

俺は複雑な表情を浮かべてしまった。

「このペースで増加していけば、じきに五分の一ではすまなくなるだろうな」

「そ、そうかもね」

俺はまわりを見回した。

皇帝の神輿を一目見るために集まってきた沿道の民衆の目は、行きとなんら変わらないもの。

この目がマテオボディじゃなく、海神ボディで来てたらどうなってただろうな、と思った。

怖いもの見たさな気分でやってみたいという気もする。

「……ふっ」

「今度はどうしたの、陛下」

「あれを見ろ」

皇帝はいたずらっ子のような顔をして、斜め前を指さした。

皇帝のさした先には、なんと。

「あれは……僕？」

俺の――海神の像が作られていた。

「既にいろいろと効果が出ているようだな。さすがだ、マテオ」

「あう……」

☆

「ふぅ……」

途中で皇帝と別れて、俺は自分の屋敷に戻ってきた。

リフレッシュのために海に行ったのだが、人魚たちのこととかルイザン教のこととか、色々ありすぎて、むしろより疲れて帰ってきた感じだ。

屋敷に戻ってきたのはまだ日が高い昼過ぎなんだが、今日はもうこのまま休んでしまおうかと思った。

「みゅー？」

「エヴァか、どうした？」

「みゅーみゅー」

「ごめん、そっちだとちょっと理解するのに頭使う、普通の言葉で——って無理か」

頭が回ってなかった。

エヴァが普通の言葉を喋るのには、レッドドラゴンの本来の姿に戻す必要があることがすっかり頭から抜け落ちていた。

気を取り直して、エヴァが今言ったことを反芻して、意味を理解する。

「うん、遊びに行っていいよ。あまり遅くならないようにね」

「みゅっ！」

エヴァは嬉しそうに部屋から飛び出していった。

入れ替わりに、メイドが一人入ってきた。

「おくつろぎのところすみません、ご主人様」

「ううん、なにか用？」

「お客様がお見えですが、如何いたしましょう？」

「……ああ」

やっぱり頭があまり働いてなかった。

屋敷の中で、パーラーメイドの用件なんて一つくらいしかないもんだ。

「誰なの？　おじい様？」

「ニコ・ヴァルナと名乗っておられます」

「ニコさんか。他に誰かいる?」

「お一人です。従者は大勢いましたが、敷地の外で待ってます」

「大勢?」

俺は立ち上がって、窓から外を見た。

すると、結構長い屋敷の塀(へい)に、ずらりと並ぶ長い行列の上部分が見えた。

馬車の屋根やらなんやらで、数十メートルにも及ぶ行列だ。

「なんだろうねえ……うん、会うよ」

「かしこまりました」

俺は伸びをして、頭をシャキッとさせる。

そうしてから自分の部屋を出て、応接間に向かった。

応接間に入ると、立ったまま俺を待っているニコの姿が見えた。

その姿にパーラーメイドは不思議そうな顔をした。

俺の姿を見るなり、ニコはぱっと頭を下げようとした。

「この度(たび)は——」

「ちょっと待って、それはいいから」

俺はニコを止めた。

ちらっとパーラーメイドを見て、ニコに言う。

「あまり大事にはしたくないんだ」

「す、すみませんでした」

「座ってよ」

ニコにそう促して、パーラーメイドには微笑み(ほほえ)ながらの合図をして、応接間から出ていってもらった。

二人っきりになったところで。

「この度は本当にありがとうございました、助かりました」

ニコはぼかしにぼかした表現でお礼を言ってきた。

これならただのお礼だから、大丈夫だろう。

「ううん、気にしないで。それよりも今日はどうしたの？　また何かあった？」

「実はか――ゴホッゴホッ！　ま、マテオさ――殿とお会いしたいという方がいまして」

ニコは必死に言い換えながら、用件を伝えようとしていた。

それを見てちょっとおかしかったし、かわいそうに思った。

ルイザン教の神官だ、神だと思った俺の言うことはもう「絶対」で、それを守ろうと必死に言葉遣いを変えようとしている。

ここで指摘するとますます混乱させかねないから、スルーして話だけ進めさせてもらった。

「僕に会いたいって、誰？」

「大聖女様です」

「大聖女？」

何者なんだろう。

名前からして、かなり偉い感じがするけど。

「畏（おそ）れ多くも」

「うん？」

「地上における神の代行者——と、いうことになっております」

「え？　じゃあルイザン教のトップみたいな人？」

「はい、トップでございます」

「わわ」

俺は驚いた。

さすがにこれは驚く。

帝国人口の五分の一、かつ状況次第では超団結して命すら投げ出すルイザン教のトップ。

ベクトルは違うけど、皇帝に負けず劣らずの大物だ。

それが俺に会いたいと言ってきている。

「会うのはいいけど……いつなの？」

「既に屋敷の外においでになってます」

「へえ……ああ」

ああ、そういうことか。

だから屋敷の外にあんな長い行列ができてるんだ。

頭の何割かは働いてないから、察するまでに数秒かかってしまった。

これはもう、会うしかないだろうな。

向こうの立場からしたら、降臨した神に会わずにはいられないんだろう。

そうなると、この場で断っても意味ないなと思った。

「分かった、会うよ」

「感謝致します！」

ニコはそう言って、ぱっと立ち上がって、外に出た。

俺は声をあげてパーラーメイドを呼んで、ニコが連れてくる人間を通すように命じた。

しばらくして、ニコにつきそわれて、車椅子に乗った老人が現れた。

八十歳？　九十歳？

ってくらいの老人で、たぶん女性――老婆だろう。

老婆は車椅子に乗せられて、十人近い神官服を着た従者に囲まれて、部屋に入ってきた。

部屋に入るなり、老婆は頷いて合図した。

すると、神官服を着た者たちが老婆を起こした。

車椅子から起こすと、老婆は従者たちの手を借りて——俺に平伏した！

「ご尊顔を拝し、光栄至極に存じます」

「あわわ！　か、顔をあげて、起きておばあちゃん！　ニコさん！」

「も、申し訳ない。大聖女様、この方は今それを望まないとのことです」

案内したパーラーメイドという第三者がまだいたから、ニコはやはりぼかしにぼかした。

俺は手で合図して、パーラーメイドに出ていってもらった。

老婆は起こしてもらった。

申し訳なさそうな顔をした。

「申し訳ありません、ご意志を知らず、勝手な真似を致しました」

「ううん、大丈夫だよ。それよりも座って、じゃないとお話しもできないから」

「かしこまりました」

俺の言葉に何一つ抗弁することなく、老婆は再び、車椅子に座り直した。

そして、俺を見つめながら、

「きょ、今日はどうして？」

「神のご降臨を知って、生きている間にどうしても謁見を賜りたかったのです」

「そ、そうなんだ。ごめんなさい、こっちの体で」

「神が気に病まれることはございません」

老婆は静かに首を振った。

「そのお姿でいることも深謀遠慮(しんぼうえんりょ)あってのことと理解しております」

「えっと、うん……」

ないけどね、深謀遠慮とやらは。

割と浅い考え程度なんだけど、言わんとこ。

「でもあまり無茶しないでね、おばあちゃん。もう結構なお歳(とし)なんだよね？」

「今年で、三一七歳となります」

「えええええ!? そ、そんなに」

「大聖女様は長生きなのです。私が生まれた頃には既にこのようなお姿でした」

「おー……」

俺は改めて大聖女をみた。

ものすごいおばあさんだと思ったけど、三〇〇歳越えとか……予想の遥(はる)か上をいった。

「この度は、一部の者の暴走で、神の手を煩(わずら)わせてしまいました。許されないことなのは分かります、なんなりと処分をお申し付けください」

「え？ いいよいいよ、そんなの。もう済んだことだから」

処分なんて考えてもいない。そんなことをいきなり言われてむしろ焦った。

「寛大なお心、感謝致します。では、神罰ではなく、教義に則(のっと)って処罰をさせていただきます」

「え？　ああ、うん」

俺は頷いた。

それは止めることじゃない。

信徒を扇動して、あのままいけば敵味方併せて大量の人間が死んでたんだ。

相応の処罰は受けるべきだ。

大聖女はそばにいる従者に言った。

「大聖女の名の下に、首謀者らを破門とする」

「はっ」

言葉を受けた従者が駆け出して、外に出ていった。

伝達とかしにいくんだろう。

破門か……。

ある意味一番きっつい処罰だろうな。

昔の歴史で、後宮でミスを犯した妃の一番重い刑が「追放」だと本で読んだことがある。

通常、死刑が一番重いのだが、その時代は後宮の妃がすべて、各地から集められた奴隷に近い身分の女たちだった。

ほとんどの場合、実家が寒村とか貧乏な出だ。

すると、後宮で贅沢な暮らしを取り上げられて、故郷の寒村に追い返されるのが一番キツい処罰なんだという。

　俺は転生者で、貴族の養子だからその感覚がよく分かる。

　世の中には、死刑よりもきっつい処罰があるんだなあ、とその時思った。

　これもそうなんだろう。

　ふと、疑問が一つ頭に浮かんだ。

「ねえ、おばあちゃん」

「なんでしょう」

「おばあちゃんの名前は？　今、大聖女の名においてって言ったけど、こういう時貴族の場合、肩書きの後ろに名乗るのが一般的だから」

「わたくしに名前はございません」

「えええ？　どうして？」

「大聖女として生まれたため、世俗の名前を持ちません」

「それは……どうなんだろうな」

　ガタン、と、窓の外で物音がした。

　エヴァが戻ってきて、窓にすがりついてこっちを見たが、なんか察したのかどこかに飛んでいった。

　俺がつけたんだけど、レッドドラゴンのエヴァでさえ名前があるんだ。

「名前がないのはちょっと寂しいな」

「で、では」

ニコがまるで「勇気を振り絞って」って感じで俺に言ってきた。

「神にお名前を賜れれば」

「え？　僕がつけるってこと？」

「ニコっ！」

やめなさい無礼よ、って顔でニコを叱責する大聖女。

「大聖女様は教義によりお名前を持ちませんが、神がつけるのなら誰も文句は言えませんし、この上ない栄誉となります」

「なるほど」

俺は少し考えた。

「うん、じゃあつけよう」

本で読んだいろんな知識から探す。

大聖女に相応しい名前を。

すこし考えて、思いついた。

口を開いて、それを言う——が。

「……」

なぜか声が出なかった。

なんだ？　これは。

なんで声が出ない。

まるで何かに押さえつけられているように、声が出ない。

それが魔力のような目に見えない力だと分かった。

俺は——力ずくでそれを突破した。

力でかち割ったあと、パリーン！　とガラスが割れる音がして、直後に声が出るようになった。

頭の隅っこでなにかがまずいと思いつつも、頭が完全に働かないので、そのまま言ってしまった。

「ヘカテー……でどうかな。神話よりも昔から生きてるとされる魔女の名前。三〇〇年も生きてるおばあちゃんにぴったりだと思う」

そう言った瞬間、大聖女が何らかの反応を示すよりも先に。

その体から光が放たれた。

あふれる光が大聖女を包み込む。

「おばあちゃん⁉」

「大聖女様‼」

驚く俺たち。

数秒後、光が収まった。

そこにいたのは——幼い女の子だった。

六歳のマテオよりちょっと年上な、十歳前後の幼い女の子。

「お、おばあちゃん？」

「これは……もしかして⁉　ガイル、刃物を」

「え？」

「早く！」

従者の一人が驚き戸惑ったが、女の子は一喝した。

威厳のある一喝に、従者——ガイルは慌ててナイフのようなものを取り出し、彼女に渡した。

女の子はそれを受け取って、なんと自分の手の平を切った！

「なにをするの⁉　あっ……」

驚いた直後、さらに大きく驚いた俺。

なんと、少女の手の平から流れ出したのは青い血だった。

「使徒の尊き青い血……」

つぶやく少女。

彼女は驚き……それから納得した。

そして、顔を上げて俺を見つめるなり、

「ええっ！」

いきなり平伏してきた。

「神の使徒にしていただけたこと、身に余る栄誉でございます」

「え？　使徒？」

「まさか！　大聖女様！　使徒にして頂けたのですか？」

驚愕（きょうがく）するニコ。

少女――大聖女――ヘカテーは、手の平をニコに見せた。

そこには、青い血がべったりついている。

「この血が何よりの証拠よ」

「そ、そうですね」

動揺（どうよう）から戻ってこられない様子のニコ。

使徒。

神の力の一部を受け継ぎ、人間を超えた存在とされる。

特徴は、人間では決してあり得ない青い鮮血。

別名使徒の尊き青い血。

俺が神で、ヘカテーが使徒……？

一体、どういうことなんだ。

ライバルはおじいちゃん

発端は、マテオの一言だった。

「昔から黒棒がすきだった」

なんでもない一言から、果てしなくエスカレートする競争に発展してしまう。

☆

宮殿の執務室の中、皇帝服を纏った皇帝が、政務に関する膨大な書類に目を通している。

とある書類を最後まで目を通した後、皇帝はペンに赤インクをつけて、書類の最後に皇帝としての指示を書き込んだ。

そして、それをそばに侍っている官吏に手渡した。

「これを大至急で。余が書き込んだものは原文そのままで官報に載せよ」

「ははっ！」

官吏の一人が書類を受け取って、皇帝の命令を実行するべく、腰をかがめ前を向いた姿勢のまま執務室から退出した。

官報というのは、帝国の中央政府が各地の領主や官吏に、政務の状況を説明するために配っているものだ。

政務に関することである以上、皇帝の決定が多く載るのは必然のこと。

その中でも、重大な決定において、誤解や解釈の違いを防ぐため、原文のまま載せることがよくある。

皇帝はさらに別の書類に目を通した。

そしてまた、ペンに赤インクをつけようとして——手が止まった。

「これはやめておこう」

誰かに聞かせるでもなく、皇帝はそう独りごちて、赤文字を書き込もうとしたスペースに印だけを捺した。

皇帝の印。

それはシンプルに「了解した」という意味合いのものだ。

皇帝は、書類を読んでさらなる指示を出そうとしたのをこらえて、単に「了解した」と返した。

「これを」

「ははっ」

書類をさしだし、別の官吏が受け取って、それを持ったまま執務室から出ていった。

実権を握っている皇帝は、帝国におけるすべてのことに決定権を持つ。

言い換えれば、どんな些細なことでも口を出せるということだ。

それがかたちになったのが、詔書への赤文字の書き込みである。

そうやってなんにでも口を出せる一方で、皇帝が幼少時に受けた教育は、正反対の「細かいことに口を挟むな」だ。

優れた為政者は細かいことには口を挟まず、決して間違えない方向性を提示するものだと、皇帝は教わってきた。

代々の皇帝もそれを教わっている。

それは、長い帝国の歴史の中で、自然とできあがっていった叡智の集結だ。

とはいえ、それをきっちり守れる皇帝はあまりにも少ない。

皇帝という絶対権力を持った万能感から、すべてにおいて意のままに操らねば気が済まないと考える歴代の皇帝が多いことも事実。

だからこそ、代々の皇帝は即位前にちゃんと教育を受けるのが定番だ。

今の皇帝は、そのバランス感覚に優れている。

口を出したほうがいいところと、「方向性自体は間違ってないから」で任せてしまえる考え方の持ち主だ。

そういう意味では、この皇帝は紛れもなく有能な部類に入る。

そんな皇帝の元に、とある知らせが届けられた。

書類を開いた皇帝は目を見開いた。

「マテオ……」

思わずつぶやく皇帝。

その口元がほころんでいることに、その場に残っている官吏たちはみなはっきりと認識して、そして全員が一斉にスルーした。

皇帝は書類を読んだ。

それは、マテオの近くに放った間者からの報告だ。

皇帝はマテオのことをより深く知ろうとして、屋敷の使用人に自分の手の者を潜り込ませている。

この手の間者は皇帝にとっては「必需品」で、皇帝は並み居る間者の中からもっとも優れた者をマテオの近くに潜り込ませている。

その間者から、報告が上がってきた。

「ずっと黒棒が好きだった……黒棒？」

皇帝は、マテオの発言を読みあげて、首をかしげた。

皇帝の知識の中にはないものだ。

「誰か、黒棒という物を知ってる者はおらぬか。どうやら食物の類らしいのだが」

下級官吏は皇帝に聞かれるまで、自分の意見を述べることは決してない。

自ら皇帝に話しかけるだけでも不敬の罪に問われるからだ。

その代わり聞かれたらなんとしても答えなければならない、答えなければ――皇帝によっては「知らない」だけでも不敬の罪になる。

官吏たちは困った顔で視線を交換して、誰も答えられずにいた。

そんな中、官吏の中でもおそらくは末席にいるような一人の若者が声を上げた。

「お答えします。黒棒というのは、黒砂糖を主原料とした焼き菓子です」

「ふむ。前に出よ、もっと聞かせてみよ」

「ははっ」

若い官吏は皇帝の言葉に従い、言われたとおりに前に出た。

「名前は」

「セリノと申します」

「名字は」

「ございません」

「そうか。黒棒のことをもっと話せ」

「ははっ。さきにも申し上げましたように、黒砂糖を主原料とし、たまごや小麦粉を練り込んで焼いたものでございます」

「ふむ」

「バターや牛乳などを使わない分、甘味の中では極めて安価な部類ですが」

「が？」

「非常にくせになる味わいで。甘党と自称する人間の十人中九人がはまってしまう、というものでございます」

「なるほど。よく教えてくれた」

皇帝は机の上に置かれているまっさらな紙を取って、ペンに黒インクでさらさらと何かを書き込んで、最後に印を捺した。

内容に間違いがないと確認だけして、セリノに渡した。

「褒美だ」

「ありがたき幸せでございます――え？」

受け取ったセリノ、内容を見て驚いた。

「みょ、名字を頂けるのですか」

「そうだ、不満か？」

「と、とんでもございません！」

「これからも励め」

「ははっ！」

セリノはその場で平伏して、皇帝の詔書を掲げたまま頭を下げ続けた。

官吏のほとんどが、セリノに羨望の眼差しを向けていた。

皇帝は、報告書に視線を戻した。

間者が送ってきた、マテオが語った自身の好物。

「マテオ……」

その名前をつぶやき、皇帝はますます口角が笑みの形になった。

「もう一つ聞かせよ、セリノ」

「ははっ、なんなりと」

「話を聞くに、黒棒というのはかなり大味な食べ物だと思うのだが」

「おっしゃるとおりでございます」

「高級な食材でつくって、味を損なうことはあるか？」

「おそらくは大丈夫かと。庶民に親しまれているのは間違いございませんが、甘党の貴族の方などは材料にこだわって作らせていると聞いたことがございます」

「うむ。ならば黒糖、そしてたまご、それに小麦粉だな？　それを最高級の素材で――」

皇帝はそう言いかけて、途中で止まった。

ハッとした顔で、頭をフル回転させる。

それは、数時間前にあったことだ。

皇帝は、数時間前に自分が印を捺して承認だけした案件を思い出した。

皇帝は官吏の顔を見回した。

「そこのお前」

「はっ、い、如何いたしましたか」

「さっき、お前にローレンス卿の案件を持たせたな？」

「はい！　私でございます」

「内容を覚えているか？」

「ローレンス様が領内で黒糖栽培をすべく開拓の申請、でございます」

「……やられた」

皇帝は軽く舌打ちをした。

直前まではなんでもないような普通のことが、今ではまったく意味合いが違ってくる。

ローレンス、マテオの義理の祖父だ。

マテオを溺愛していることでも知られている老人である。

マテオが「黒棒が好きだった」と語った。

それがローレンスの「黒糖栽培を始めたい」というのと無関係ではないと皇帝は思った。

なぜなら、皇帝も自分ならそうするであろうと思うからだ。

発想はなかったが、しかしそういう方法があると分かれば間違いなくそれをやるだろうと確信する。

最高級の素材を揃えるよりも、自分の手で最高級の素材を作った方がいい。

皇帝は、その発想に納得し、そして悔しがった。

「やってくれる……っ」

皇帝は悔しそうにつぶやいた。

が。

その有能で明晰な頭脳が、すぐに考えを改めた。

皇帝は、最高級の素材を揃えるという発想をした。

しかし、ローレンスは最高の素材を作るという発想をした。

それを知った皇帝は二つの発想を得た。

一つは――「素材」から作ればいいということ。

もう一つは――さらに「上流」に遡れるということ。

「だれか、黒糖の栽培に適した土地と水、いや品種もか。それらを知ってる者はおるか？」

皇帝は聞いたが、さすがにそれを知っている者は皆無だった。

「良かろう」

皇帝は新たな紙をとって、ペンに赤インクをつけて、書き込む。

内容は、黒糖に適した土と水、そして黒糖を作るためのサトウキビの品種の調査。

それを調査、報告せよという勅命だ。

それを赤インクで書き込み、一番近くにいる若い官吏に手渡す。

「官報に載せよ、余の言葉の原文そのままだ。大至急だ」

「ははっ」

官吏は受け取って、ささっと執務室から出ていった。

それを見て、皇帝はさらに別のことを考えた。

材料の他にも、料理人がいる。

焼き菓子というのなら火加減——下手をすれば薪や炭も味に関わってくるかもしれない。

そうやって、黒棒に関することを次々と考えた。

こうして、皇帝はいつものように、マテオを溺愛するために、己の頭と皇帝の権力をフルに使った。

☆

始まりはなんでもない一言だった。

それが巡りに巡って、皇帝と大貴族の意地の張り合いに発展して。
黒棒というお菓子は、かつてないほどに洗練されていくのだった。

あとがき

人は小説を書く、小説が書くのは人。

皆様お久しぶり、あるいは初めまして。

台湾人ライトノベル作家の三木なずなでございます。

この度は『報われなかった村人A、貴族に拾われて溺愛される上に、実は持っていた伝説級の神スキルも覚醒した』の第2巻を手にとって下さりありがとうございます！

二ヶ月連続刊行の第二巻です。

前巻と同じように、この作品は「タイトルそのまま」の作品です。

貴族の家に転生した、かつては報われなかったただの村人が、貴族や精霊や皇帝などからとにかく溺愛される物語です。

そして本人も、転生がきっかけで、ものすごいチートな力を手に入れる物語です。

高貴な人間の溺愛、そして自分も飛び抜けた実力を持ってる。

この二つが合わさって、幸せが確定した人生を過ごす——という物語でございます。

このコンセプトをシリーズ中は続けていきますので、タイトルなどでピンとこられた方は是非ともこのままレジまでお持ち頂けると幸いです。

最後に謝辞です。

イラスト担当の柴乃様。二巻のカバーも最高でした。本当にありがとうございます。

担当編集T様。今回も色々ありがとうございます！

ダッシュエックス文庫様。二ヶ月連続刊行させていただいて本当にありがとうございます！

感謝しかありません‼

本書を手に取って下さった読者の皆様方、その方々に届けて下さった書店の皆様。

本書に携わった多くの方々に厚く御礼申し上げます。

次巻をまたお届けできることを祈りつつ、筆を置かせて頂きます。

二〇二一年二月某日　なずな　拝

ダッシュエックス文庫

報われなかった村人A、貴族に拾われて溺愛される上に、
実は持っていた伝説級の神スキルも覚醒した2

三木なずな

2021年3月30日　第1刷発行

★定価はカバーに表示してあります

発行者　北畠輝幸
発行所　株式会社　集英社
〒101−8050　東京都千代田区一ツ橋2−5−10
03(3230)6229(編集)
03(3230)6393(販売／書店専用)　03(3230)6080(読者係)
印刷所　株式会社美松堂／中央精版印刷株式会社

ISBN978-4-08-631406-0 C0193